アップル・クラブメッドでも負けない1800日奮闘記

―藤沢市議会議員　お杉誕生！―

杉原えいこ

湘南社

もくじ

杉原えいこ年表

1963年　誕生
1981年　帝京女子短期大学英語科入学
1982年　家業倒産、帝京女子短期大学を中退し、タカラ倉庫運輸サービス入社
1989年　タカラ倉庫を退職して、オーストラリアへ
1990年　日本へ帰国、アップルコンピューター入社
1993年　青山学院大学入学（経営学部第二部経営学科）
1994年　ファイルメーカーへグループ内異動
1996年　結婚
1996年　ファイルメーカー退社、マトラ・データビジョン入社
1997年　青山学院大学卒業
1998年　マトラが日本市場から撤退により退社
1999年　第1子誕生
2000年　シマンテック入社
2007年　シマンテック退社、エルメスジャポン入社
2009年　エルメスジャポン退社、クラブメッド入社
2010年　クラブメッド退社、ベアミネラル入社
2014年　ベアミネラル退社（11月）
2015年　藤沢市議選出馬・落選（4月）
2015年　ベアミネラル再入社（8月）
2016年　『エルメスでの「負けない」760日奮闘記』出版
2019年　藤沢市議選再出馬・そして初当選（4月）
未　来　藤沢をさらに住みやすい街にする

アップル編

「あれが、スティーブ・ジョブスとスティーブ・ウォズニアックがアップルの未来を語り合った丘よ」

イブは軽やかな声で言った。

殺風景なルート101と比べるとこのルート280は緑も多くなんとなくカリフォルニアらしく感じる。道路の両側を飾る大きな商業看板の英語の文字も私に「ウエルカム」と言ってくれているようでウキウキする。なんとなくお尻が宙に浮いているような気分になる。ここはサンフランシスコ。

アップルの日本法人に転職して半年「貴方はアップルの本社を見るべきよ」との私の上司イブの計らいによって私はシリコンバレーへの出張に出させてもらった。27歳の私にとっては初めての海外出張だった。車社会のアメリカでは、車がないと不便である。その後の何度かのアメリカ出張では、私はレンタカーを借りて自分で運転したが、今回の旅は、私が初めてということもあり、先に到着していたイブがサンフランシスコ空港まで私を迎えに来てくれていた。空港から私の宿泊先であるホリデイインまでの道のりを、ルート280を選んでドライブしてくれていた。

「ホテルのプールにでも飛び込んで、涼を取って今日はゆっくりしてちょうだい。明日8時半にホテルに迎えに行くから」とイブが言った。

シリコンバレーの夏は暑い。お昼過ぎの今の気温は華氏100度を超えている（摂氏38度くらい）さらに、アスファルトの照り返しで体感温度は摂氏40度近い気がする。

ホテルに到着すると、フロントを抜けた中庭に25メートルくらいのプールがあった。私は簡単にシャワーを浴びてTシャツと短パンに着替えると、イブのアドバイスに従いプールへ向かった。もっともプールがあるとは知らず水着を持参してこなかったので、プールに飛び込むことはできないが、この暑さの中、水の近くにいる方が涼しく感じる気がした。同じような考えの人達がたくさんいた。ホテル内でコンベンションでもあったのか、ジャケットやハイヒールを履いた数人のアメリカ人らしき男女数人のグループがプールサイドのテーブルで資料を広げて話をしていた。なんとなく、緩やかな時間が流れていた。

デッキチェアーに身を任せ、私はしばらくぼうっと灼熱の空を眺めていた。「とうとう私はアップルの本拠地に来たんだ！」。ただ、まだ実感はない。

明日からの事を考えると、昂揚感でハイになるも、時差ぼけもあり、気がぬけたコーラのような気分だった。

私がアップルの日本法人での採用面接で会った面接官は3人だった。当時の人事部長鈴木渡氏、経理部長だったデビー・サッテン、そしてイブ・コーエンだった。デビーは茶色の髪と目をもったショートヘアーでボーイッシュな40代後半の独身女性だった。化粧っ気もなく、ロイドメガネをかけ、洋服はGAPなどのカジュアルブランドを着ていた。アップルのお膝元のスタンフォード大学卒で、アップル歴は6年だった。アメリカ出張の際に、彼女の家に遊びに行ったことがあったが、シンプルな家具に囲まれていてデビーらしい家だった。ご近所で自家栽培のトマトを売っている人がいるとの事で、とれたてのトマトを帰りに私に持たせてくれた。デビーは日本で経理部長のポジションがあることを聞き、かねてから日本に興味があり、その募集に手を挙げた。経理財務の経験はまったくなくもともとはマーケティングの仕事をしていたが、地頭の良さから簿記ぐらいだったら何とかなると思っていたというから驚きだ。

日本に来てみると、文化の違いや、元々いた経理部員の山田朝子とまったくもって折合わず、苦労をしたらしい。さすがに地頭の良さだけでは経理部長は務まらないということであろう。

山田朝子は、30代後半の独身女性ではっきりと物をいう人物だったそうだ。何年か前の社員旅行で、若手の男性エンジニアと酔っぱらった勢いでふざけて一緒に露天風呂に入ったという逸話の持ち主である。デビーとは違い経理財務の経験がそれなりにあったらしい。なので、デビーと山田は事あるごとに対立したらしい。まったくのど素人が上司で、部下が経験者であり双方とも気が強かったら、そうなるのは当たり前である。二人が言い争う姿を大勢の人が目撃したらしいので相当やらかしていたに違いない。しかし、組織の中の力関係は一目瞭然だった。山田朝子がアップルを去る事になった。そして、その山田の後釜として私が採用された訳である。

面接で私が最初に会ったのは人事マネージャーの鈴木だった。約束の時間は朝9時であったにも関わらず、鈴木氏はまだ出社していなかったようで、受付で私は15分程待たされた。そして現れたオジサンは寝癖のついたままで、肩にフケがたまっていて、なんともむさ苦しい。しゃべり方も、滑舌が非常に悪く何を言っているか良くわからないので何度も聞き返さないといけなかった。しかし、どことなく愛嬌があって憎めない人だった。アップルの福利厚生のすべてが書かれた小冊子を私に見せながら説明をしてくれた。自社コンピュータが安く買えるだけでなく、教育費用を会社が半分負担してくれること、有給休暇の他にSick leaveという病気の時に休める年間7日の休みのこと、5年勤務すると「サバティカル休暇」という2週間の特別休暇がもらえること、会社の株を割安で購入できることなどを教えてくれた。そして、私に対する年棒提示額は書面でくれるとの事だった。「もし、その金額が私の希望額でなかった場合にはどうなりますか？」と私が聞くと「その時は、しょうがないですね」とニコっと笑って言った。そのトボケタ表情に私はさらに好感を持った。私は心が跳ね回っていた。こんな素晴らしい会社で仕事をする自分の姿を想像したら武者震いがする。実は、実家の商売が立ち行かなくなり、私は短大を中退していた。短大を中退し、ご近所のおじさんのご紹介で入ったタカラ倉庫運輸サービスさんとアップルでは、世界がまったく違うのだ。眩しささえ感じた。たとえ提示額が低くてもここで働きたいと思ったが、私に対する提示額は予想を超えて高いものだったので、最高だった。

転職をする際に、「人事はその会社の顔」なので、面接の際に人事担当者に好感を持てない時はその会社とも水が合わない」という話をよく聞く。その意味では、どこかトボケタ感じの鈴木氏ではあったが、人事として抑えるところは抑えているように感じ、私は鈴木氏に好感をもったのであった。

鈴木渡氏はユニークな人だった。社員からは親しみを込めて「ずずちゃん」と呼ばれていた。年は40代前半であり「ちゃん」呼ばわりされる年ではないが、特に否定をしないので本人も気にいっているようだ。ずずちゃんは早稲田大学を卒業後イラン大学大学院に進み、現地でイタリア人女性と知り合い結婚した。娘を一人授かるも、奥さんと娘はイタリアに住み、自分は日本に住んでいた。夏休みに妻と娘が1カ月日本に滞在し、クリスマスに鈴木氏が1週間イタリアに行く以外は別々に生活をしていて、そのローテーションを何十年も続けているという。「うちはテンポラリー家族だから」とよく言っていた。日本の彼の一軒家は猫屋敷らしく、飼い猫・野良猫合わせて数匹と万年床の部屋で暮らしていて、遊びに行ったことがあるエンジニアは一言「荒れ屋敷」だと言っていた。お酒は一滴も飲めないが、マニアックなところがあり、夜遅くまで自宅のコンピュータのネットワークをいじっていて朝まで起きていたなんてこともざらで、朝が極端に弱かった。スキーが趣味でエンジニア達とよくスキーに行っていた。あるとき、スキーで転倒し足の骨を折って入院した。入院先から看護婦さん達とピースをしている写真や、骨折部分のレントゲン写真を会社の仲間にメールで送ってきていた。

奥さんの親は鈴木氏との結婚を反対したそうだ。「スパゲティでも作ってあげてご両親に気に入られたんですか？」と私が半分冗談で聞くと「そのうち、親がしんじゃったんだよねー」とずずちゃん。面白い親父である。

鈴木氏の後に、デビーと面接をした。デビーに対する印象は悪くはなかったが、「上司と意見が合わない時はどうする」とか「上司と自分と決定権はどちらにあるのか」など、普通は面接では聞かれない事を立て続けに聞かれたので、なんじゃ？　と私は思った。

後から山田とデビーの確執を聞き、なぜ面接であんな質問をされたのか合点がいった。デビーはアメリカ人らしく若干極端に振れる傾向はあるものの、私に対してはそれ程理不尽な人ではなかったが、聞くところによると山田には意地悪だったらしい。人間関係の歪みは人の心を狭くするものだ。人と人との相性はなかなか難しい。

そして、デビーの後の最後の面接官がイブだった。その時のイブのタイトルは「契約社員」という肩書だったので、なぜ契約社員の人と私が会うのかよくわからないまま、面接が進んだ。後に分かったことだが、この時点でデビーはアメリカに戻る事が決まっていて、自分の後釜として、知り合いだったイブを連れて来ていて、その当初のイブは契約社員として働いていた。その後、デビーがアメリカに戻り、イブが私の上司となった。

そして、ありがたくも私は経理スタッフとして採用された。

デビーとイブの私に対する評価も良かったそうだが、あの人事部長の鈴木氏がいたく私を押してくれたらしい。人間同士は鏡のようなもので、こちらが好感を持つときは相手も私に好感を持ってくれる。私が日本の会社であるタカラ倉庫で7年しっかりと基礎を積んでいる所を評価してくれた。

1990年代では、英語の読み書き・会話ができる経理スタッフは実はあまりいなかった。いたとしても、英語だけが堪能で経理の実力が怪しい人が多かったり、経理の実力はあっても英語が苦手だったりと、帯に短しタスキに長しというところだろう。

アメリカの会社は不思議議である。デビーはアメリカ本社から赴任しているアップル本社の社員であり、日本に駐在している出向社員だった。それゆえに日本での家賃他もろもろの費用を会社が負担していた。その人がアメリカ本社に戻る時には、自分で社内の空ポジションを探し、面接を受けて採用されないといけない。自動的に戻る場所がある訳ではないのである。幸いにもデビーは元々の仕事のマーケティングのポジションを得るめどがつき、自分の後釜としてイブを紹介したらしい。

アップルで働いている間、何人ものアメリカ人と会ったが、互いのアップル歴を聞く際によく「何回レイオフされた?」という質問をされた。

アップルに限らず、新興企業であるシリコンバレーの会社は株価や株主の反応に敏感である。業績が悪くなると、極端な人員整理をし、2000人規模の人員削減などザラである。そしてレイオフされるときには、パッケージという何カ月分かの手当をもらい、社員番号の入った青い紙を渡される。また業績が良くなり人員を再募集する時には、あの青い紙を持参すると前の社員番号が復活し、その人の履歴がわかるからである。なんとシステマティックであろう。

「両親もアップルで3回働いた」とか、「私も2回レイオフされた」という話もよく耳にするので、日本のようにめったに会社を首になることがない社会とは違い、レイオフはそれ程重い意味をもたない。デビーも何年か後にアップルをレイオフされたが、その時には「サンキューアップル、おかげで車を新車に変えられたわ」と明るく言っていてた。

イブはデビーとはまったくタイプが違った。イブは大きな口を開けて笑い、喜怒哀楽の豊かないちいち大げさな人だった。まだ30代前半ではあったが、大きなダイヤモンドの結婚指輪に服装もお洒落で高価そうなものを身に着けていた。髪の毛もブロンドに染めていて、化粧っ気ないデビーとは正反対でまつ毛バチバチのシッカリメイクをする人だった。

イブはジョージア州立大学を卒業後、ハーバードでMBAを取得し、2つの州の公認会計士でもあった。公認会計士の資格を取る前はエアロビのインストラクターとして働いていたのもうなずけるくらい、社交的な人だった。イブは私の憧れであると彼女に話したことがあった。すると彼女は「私のヒロインはヒラリー・クリントンよ」と言っていた。私は激しくうなずいた。

あるとき、健康診断キットを受け取ったイブは、検便の入れ物を手に持ち私にこれは何かと聞いてきた。用途を説明すると、「You must be kidding!!!」「冗談でしょ！？」を何回も叫ぶように連発し、持っていた検便キットをまるで汚いものを触るように指先で摘まんで持ち、すぐにゴミ箱に捨てた。そして「私はこんなもの絶対やらないわ」と言った。

その頃、東京アメリカンクラブでときどき、大相撲のチケットが手に入る事があった。イブはアメリカンクラブのメンバーだったので、あるとき、相撲のチケットを入手したとの事で観戦に行くのよと、はしゃいでいた。ランチの時に当時　大関だった小錦の話になった。体重がどのくらいあるのかなどいろいろ私に聞いてきた。サービス精神豊富な私は、ちょっと面白い情報も教えてあげようと思い、「小錦は自分では手が回らないので、お弟子さんにトイレではお尻を拭いてもらっているのよ」と言ってしまった。当時の日本にはウォシュレットはなかったのだ。想像通り〔You must be kidding!!!!〕「冗談でしょ！？」を連発していた。余計な事を言ってしまったと私は深く反省した。

経理財務部の部屋はパーテッションでイブのいる部屋と、私と派遣スタッフがいるエリアと分けられていたが、パーテッションの上部が空いていたので声は筒抜けだった。イブのご主人であるブルースから会社の電話に頻繁に電話がかかってきた。（あの頃はまだ携帯が普及していなかったので）なんの話かは聞こえなかったがイブが「ハニー、　I hate that」（あなた、私はそれ大っ嫌いよ）を連発していた。

アメリカ人夫婦は賑やかである。当時独身だった私には想像もつかないくらい、いつも意見の相違をぶつけ合っているかのように聞こえた。ブルースは日本のテレコム会社の社長をしていて、住んでいる住居・車・その他もろもろは会社の経費で賄われていたので、イブは日本現地採用としてアップルで働いていた。

私が旅行に行った香港に、一週間遅れでイブとブルースが行ったことがあった。そして偶然にも私が泊まった同じホテルをブルースが予約していた。しかし、どうも隣の音が漏れるということで、イブのお気にめさずブルースに激しく文句を言ってホテルを変えさせたと言っていた。私は新しくできた綺麗なホテルで、とても満足だったのに。

初アメリカ出張の翌日､イブは約束通りホテルに私を迎えにきてくれた。最初のミーティングは「シテイセンター1」というビルだった。アップルが後に自社ビルを建て退去し、シテイセンター1と2の二つの向かい合っているビルは､シマンテックがそのまま本社として使っていた。後に、シマンテックに転職した際の面接官であったアメリカ人が元アップルの人で、私がシティセンターに行ったことがあるという話で盛り上がった。シマンテックに勤務してからも、シティセンターに度々訪れる機会があり不思議なご縁を感じた。

シティセンターでのミーティングが終わると、イブと私はまた車に乗った。なんと、次のミーティングに行くのに車が必要であるとの事。それもそのはずである、アップルのオフイスはクパティーノの街のいたる所にあった。どのビルの入り口にも大きな虹色リンゴのロゴマークが陣取っていて、「あっちにもアップルロゴ、こっちにもアップルロゴ！」という感じで町中アップルロゴだらけで圧巻だった。私は鳥肌がたった。「凄い！　アップルの街だ！」まさに､当時のクパティーノの街はアップルの街だった。

その後アップルは、R&Dキャンパスという名の自社ビルを建てたので、1つの場所に集約されたが、当時は貸しビルに入っていたので、あっちこっちに分散していた。いくつかのミーティングを終えるとイブは私をカンパニーストアーに連れて行ってくれた。カンパニーストアとはアップルロゴの入った洋服やマグカップ、バッグなどアップル商品を販売しているお店だった。アメリカに出張に行った日本人スタッフはアップルロゴの入ったジャンバーやバッグを皆、買って帰ってきた。

皆、アップルが大好きでアップルに務めていることを誇りにしていた。私はそんな彼らが羨ましくアップル商品を買いに来た訳である。アップル社員はIDを見せると30％程度安く買えた。私はシマンテックに転職してからもアメリカに出張の際には空き時間を使い、このカンパニーストアーに足しげく通いアップル商品を買った。それ程、アップルロゴには不思議な魅力があった。

私がシマンテックに転職してからも、年に2～3回はシリコンバレーに出張することがあった。日本のアップルで同じオフィスで働いた蜂須賀洋一は、私がアップルの子会社であるファイルメーカの日本法人に移動したのと時を同じくして、ファイルメーカーのアメリカ本社でエンジニアとして働きだした。当時、蜂須賀は英語がほとんど離せなかったが、彼は、自由の国　アメリカへ渡った。私がシマンテックに転職したら、今度は、彼はアップル本社で働くことになった。シマンテックもアップルも同じクパティーノの街の中にあることから、私がアメリカに出張に行くたびに一緒にご飯を食べたり、買物に付き合ってくれた。

蜂須賀は面長のしゃくれた顔で笑うと、ど真ん中の金歯が特徴だった。あるとき、彼はその金歯の秘密を私に教えてくれた。家が貧乏でお金がなかった。それなのに、彼が自転車で転んで前歯を折ってしまったので、母親が探しに探して一番安い歯医者へ連れて行ってくれて、彼の前歯が金歯になったそうだ。

蜂須賀は高専を卒業後、日立製作所で組み立てラインを保守する仕事をしていた。その後、日本のアップルでテスターエンジニアとして働いていた。開発しているソフトのバグ（バグとは、「虫」という意味の英語で、コンピュータの分野ではプログラムに含まれる誤りのことを指す）を発見する仕事をしていた。

彼が働くセクションには若い派遣社員のテスタースタッフが30人くらいいたが、ほとんどが女性だった。実は派遣会社からはアップルは毒林檎と言われていたらしい。なんでも、素直で可愛かったスタッフもアップルに派遣させると「よそでは使えない小生意気なスタッフ」に変わってしまうという評判だった。テストエンジニアは開発しているソフトウエアのバグ出しをする仕事だったが、彼曰く「テスタースタッフの子守役」が仕事の大半だったそうだ。「蜂須賀さんは○○さんをエコヒイキしていて、自分には優しくない」と泣き出すテスターもいるらしく、心が折れそうだとよく私に愚痴っていた。彼とは同い年ということもあり、何かと私のところへ来ては、おしゃべりしていた。私も彼を気楽な友達と捉えていた。

私が出張でクパティーノを訪れたある時、蜂須賀がアップルのR＆Dキャンパスの中の自分のオフィスに招き入れてくれた。その時にはアップルはシティセンターから移り、どデカい自社ビルを建て、それをキャンパスと呼んでいた。キャンパスの中は、自由空間のようだった。DE ANZA通りの正面から全体を眺めると、真ん中のガラスの弓なり天井が一際目立ち、まるでショッピングモールのようでここが会社とは思えない。スティーブ・ジョブズの大きな写真のパネルが、天井から私をにらんでいる。私がぼうっとしていると、通いなれた私の友人は私に構わずどんどん進んでいくので、おのぼりさんをしている暇がない。しばらく行くと、通路を挟んでたくさんの個室が続いた。個室の入り口に暖簾がかけてあったり、自転車が置いてあったり、犬を連れてきている人もいる。ドアにはアップルロゴのついたネームプレートが付いていて、その部屋の主を示していた。

蜂須賀のオフィスもその個室の一つで、四畳半くらいあってなかなか広い。「はっちゃん、凄い！もう立派なアップルのエンジニアだね」と私が言うと、彼はテレながらも「栄子さん、ようやく俺もエンジニアの端くれになったよ」と言った。

蜂須賀曰く、「この中には数学博士みないな、並外れた頭脳の人がいるんだけどさあ、その博士が簡単なメール操作が分からなくて俺に聞いてくるんだよ、すごいだろう」私はその話を聞いて、とてつもない天才がこの中には何人もいるのであろうと思った。

蜂須賀は、私をキャンパス内のキャフェテリアに案内してくれた。お洒落な学食という感じで、目移りしそうなほどたくさんの料理のブースがならんでいた。スティーブ・ジョブスが鶏肉以外の豚・牛肉を食べないらしく、カフェテリアのメニューも鶏肉料理が多いらしい。

その日は何かのお祝いがあったらしく、中庭でパーティをしていて、皆がキャッキャと騒いでいて賑やかだった。蜂須賀は私の顔見知りの何人かのエンジニアが座っているテーブルに連れて行ってくれた。皆、私が日本のアップルで働いていた時の同僚だった。私がアップルにいた頃は、新しいOSはまずアメリカで開発・発売し、その後日本でローカリゼーションという日本語化をしていて発売時期はずれていたが、今は世界同時発売になり日本人エンジニアがアメリカ本社に常駐していた。皆、私を懐かしがって迎えてくれた。

その夜、彼らと一緒に地元のイタリアンへ食事に行った。二次会ということになり、蜂須賀のアパートへ場所を移して昔話に花を咲かせた。蜂須賀のアパートはアパートと呼ぶのが申し訳ないほど、綺麗でモダンだった。家具も白で統一されていて、100平米程のワンルームだった。はっちゃんは、凄い出世していたのだ、もう前歯も金歯ではなく、真っ白な歯になっていた。

その後、蜂須賀は水穂ちゃんという帰国子女のお嬢さんでありながら、とても感じが良く、誰からも愛される女性と結婚した。

私も会ってすぐに、水穂ちゃんが大好きになった。彼女には人を引き付ける不思議な魅力がある。二人が婚約したお祝いにと、水穂ちゃんのご両親から頂いたロレックスをはっちゃんが私に見せてくれた。「栄子さん、こんなのもらっちゃって、俺どうしたらいいんだろう」。蜂須賀は嬉しいような困ったような顔をしていた。

そして、はっちゃんにソックリな息子も産まれて、私がサンフランシスコに出張した時には、家族で会いに来てくれた。あるとき、はっちゃんから私の会社に国際電話がかかってきた。私が電話に出るや否や「水穂に変わるから」と言い、水穂ちゃんが電話に出た。水穂ちゃんは子育てブルーになっていたようで、いつもの元気がなかった。私と話をしているうちに、水穂ちゃんは持ち前の明るさを取り戻していって、私はホッとして受話器を置いた。外国での子育ては大変である。

そして、はっちゃんは、今度は飛ぶ鳥を落とす勢いのグーグルに転職し、家を買い、今もシリコンバレーに住んでいる。

私のアメリカ初出張3日目の夜、イブはパラアルトにあるお洒落なレストランを予約してくれた。デビーと資金課のゲール・ソーラーを誘い女性4人でのディナーだった。またしても車でないと行けない場所なので、私はいったんホテルにもどり、今度はデビーに迎えにきてもらった。レストランに着くと他の二人はまだ到着していなかった。そこで二人で、バーでちょっと飲んで待つことにした。アメリカの飲酒運転事情は日本と比べると緩かった。ワイングラス1杯程度であれば、咎められることは、当時はなかった。

デビーは6ドルのグラスワインにするか10ドルのグラスワインにするのかを迷っていた。「グラスワインに10ドルは払いたくないわ」とデビーは言い、6ドルの方を頼んでいた。パラアルトに家を2つ持ち、その一つを人に貸していて、あのアップルに勤めるデビーが4ドルの差に拘るのが私には面白かった。

イブとゲールも現れ、私達はテラス席に案内された。アメリカ人女子3人の会話はかしましい。一人が話している間に他の人が会話に割って入り、皆が話を割って割って成立する。仕事の話ならともかく、こういう女子トークとなると私の英語力だとついていくのがやっとで、話に割って入ることはできない。ひたすら聞いている。ときどきデビーが気を遣い私に話を振ってくれる以外は聞き役に徹している。

デビーはアンチョビチョークという棘のないサボテンを茹でたような物にオリーブオイルソースをつけて食べている。不思議な食べ物。それぞれがサラダとメインディッシュが終わったが、ヘルシー志向のアップル女子達はデザートなど誰も興味がない。3人がデカフェ（カフェインの入っていないコーヒー）を頼んだが、私はカフェインの入っていないコーヒーはコーヒーと思わないので普通のコーヒーを頼んだ。そして、ディナーは終わりそれぞれが自分の車に乗り込み、それぞれの家路についた。

次の日から「好きなように過ごして良い」という指令をイブから受けた。

私はサンフランシスコのダウンタウンに移動した。高校一年の夏休みに一カ月ホームステイしたホストファミリーに連絡をしていて、彼らが車で訪ねてきてくれた。そのまま、車でブレントウッドというサンフランシスコ郊外で街から車で1時間程の田舎町にある彼らの家で1泊することになっていた。

移動中の車中でホストマザーがいろいろと私に話かけてくれた。私は驚いた。「こんなにゆっくりしゃべってたかしら」というのも、高校一年の当時のホストマザーの印象は、超が3つ着くほど早口だったし、まったくもって彼女が言っていることがわからなかったからだ。絵を書いたり身振り手振りでどうにか最低限のコミュニケーションを取っていた。ホストファミリーも私で懲りたのか私が最初で最後の受け入れだったらしい。

あれから12年、時の経過というのはすごいものである。当時中学3年生だったサンディーは体が3倍になっていたが、メキシコ人のご主人と息子と近所に住んでいて幸せそうだった。私を歓迎するディナーの後、サンディーはボールのようなカップを取り出しその中に山盛りのアイスクリームをよそり、さらにそのうえにホイップクリームをぐるぐると乗せ、さらにそのまた上にチェコチップを乗せた特大デザートを幸せそうに食べていた。

女性の幸せも千差万別である。

私は窓に写る東京タワーの夜景をぼおーと見ていた。「今日も一日楽しい事は無かったなあ」。アップルに入社してすぐに、私は新しい人間関係に戸惑っていた。この組織の日本人は新しく入ってきた人間にあまり親切ではなかった。それぞれのハッキリとした責任範囲以外の仕事をやりたがらない。誰も手をつけない仕事を新しく入ってきた人間に押し付けようとする傾向があった。これを、おニューの洗礼と私は呼んだ。

私に対する話し方もどこか「ツンケン」していて、必要最低限の単語しか使わない。それに対してデビーとイブは私にフレンドリーに接してくれてた。アメリカ人上司と仕事をすることが楽しくてしょうがなかったので、日本人スタッフの感じが少し悪くても大丈夫と思うようにしていた。

人事部鈴木氏の部下である河原恵子という30代後半の女性の話す言葉は、私には外国語に聞こえた。まず話のいたる所にアップル用語と言われる社内用語がたくさんちりばめられている。そして、相手が新人でまったく別なバックグランドから来ていることを一切考慮にいれずに、こちらが知っているのを前提で相手が理解しているかを気にもせず一方的に話をする。仕事が出来るふうではあるが、全体的に心のこもっていない人事担当者という印象を持った。彼女だけでなく、当時アップルで働いていた女性達は、イブ以外は全員独身だった。河原恵子の父親は元農水大臣を務めた政治家であると誰かから聞いた。確かに同じ苗字の痩せ形で面長の顔の彼女に似た大臣はいた。しかし、彼女はそれを良く思っていないらしく、父親の話をすることを嫌ったそうだ。

河原の仕事は総務も兼ねていて、名刺の注文も彼女の仕事であったが、私の名刺は半年過ぎても出来てはこなかった。私が催促する度に、どこどこの処理が遅れているなどの言い訳をしていたが、さすがにキレタ私が、「名刺一つになぜ半年かかるのですか？　なんだったら業者を教えて頂いたら自分で手配します」と脅したら、すぐに名刺が出来上がってきた。要するに後回しにしていただけだった。

平田啓子という女性がR＆D部セクション長のアメリカ人の秘書をしていた。小柄な上に化粧っ気もなく幼く見える。いつもはいたって普通の服装をしていたが、ときどきショッキングピンクのタイツに赤のミニスカートを履いてきた。一見おとなしそうに見える外見とは違い彼女が内面に持っているものは、ときどき着ているショッキングピンクのタイツだったのだろう。彼女へ普通に仕事の依頼をするとスルーされる。残業もしているふうでもなく、よく立ち話で雑談している姿を見かけるが、何かを依頼すると、まずは無視され、催促すると必ず忙しくて対応できないと言われた。

しかし、彼女に依頼しないといけない仕事であるから依頼しているのである。彼女の上司であるアメリカ人のロン・メッカーに依頼をし、ロンから指示された仕事は対応してくれていた。なので、彼女に何かをしてもらう時にはワンステップ必要だった。ひとたび何かお気に召さないことがあれば、辛辣な言葉の羅列メールを送ってきたので、彼女と仕事をするときには必要以上に気を使った。よっぽど私が嫌いなのか、彼女のブースに行き、何か質問をしても私の顔を見ようとしない。私の顔を見ずに一気にしゃべり、はい、以上という感じでパソコンにオモムロに向かい、こちらを二度と見ようとしない。

仕事上関わりも多いので、どうにか関係を良くしたいと思った私は、平田啓子と親しい人当たりの良い宮田信子と3人でランチでもいきませんかと誘ってみたが、剣もほろろに断られた。彼女をよく知り彼女と親しい別の女性に相談したところ、「貴方のその明るくてあっけらかんとした所がムカつくんでしょうね」と言われた。平田啓子は貝なのかもしれない。無理やりこじ開けようとすると、「だから、私はあなたのそういう所が嫌いなのよ」と貝をさらに固く閉じていく。私は平田啓子との距離を縮める努力をやめた。

社内にはIT担当者というものがいなかった。皆、Macが大好きでアップルが大好きでMacオタクが社員になっていてMacに関する知識が豊富だったのでITが必要なかった。

しかし、私のような人間にはテクニカルなサポートがないのは辛かった。どうしても自分では解決できないトラブルがあると、エンジニアの中でも比較的親切な人に助けを求めた。

その中でも、いつもオフィスの中をうろちょろしている石井猛には頼みやすかった。私の前任者、山田朝子と一緒に温泉に入ったのは彼だった。石井はひょろひょろっとした長身の20代前半の男性でいつもベルボトムのジーンズをはいていた。面接にも同じ姿で登場したらしい。元々MacユーザーでMacが好き過ぎてアップルに就職した一人だ。気の良いところもあるが、気まぐれである。機嫌の良い時には快くみてくれるが、ご機嫌ななめの時は扱いづらい。ときどき、「これをやってほしいのなら、お菓子をよこせ」と要求してきた。ある時、その石井に念願の彼女ができたと聞いた私は、チョコっとからかった。彼はテレ臭さのあまり顔を真っ赤にしながら、物凄い勢いで私が座っている椅子の足を蹴り上げた。私はもう少しで転げ落ちるところだったが、スンデで転倒には至らなかった。「危ないじゃないか！」と私が抗議をすると「変なことというからだよ」と半分困った顔をした。これだから子供は困る。

仲が良かった蜂須賀にOS（コンピューターを動かすソフト）の載せ替えを頼んだことがあった。あっさり「自分でやれ！」と言われて正直あせった。しかたなく自分でやってみたが、ぜんぜん難しい作業ではなかった。当時はフロッピーディスクにソフトが入っていて、数十枚のフロッピーを指示された通り番号通りに入れていけば良かった。ここでの経験が後の私のキャリアに大いに役立った。パソコンのトラブルはとりあえず自分で一回はどうにかしようとする姿勢が生まれたし、新しいソフトウエアをインストールするのも躊躇なくできた。人間、どこで、何を学ぶかはわからないものだ。

その頃のMａｃは安定していなく、突然コンピュータが固まることも多かった。根を詰めて作業をしている時に限ってよく、フリーズ（コンピュータが固まり動かなくなること）する。アメリカのエンジニアがMａｃエアロビクスなる動画を作り、それが蜂須賀経由で私の手にきた。体の大きなアメリカ人男性が「さあ、皆Mａｃエアロビクスを始めるぞ！」と言い出し「はい、1分おきにコマンドS」「フリーズしたら、大変だぞ！　コマンドS」と陽気に踊る動画だった。コマンドSとは「保存」

する時の指令コマンドだった。

Ｍａｃのエラーメッセージが私は嫌いだった。「予期せず終了しました」」というメッセージだ。この予期せずというフレーズがいろいろな場面で登場する。ときどき、日本語的に変なエラーメッセージもあり、誰がこの日本語化をしているのかと思っていたら、社内にいた。高木幹夫は社内の熱烈なＭａｃ大好きエンジニアの中でも群を抜くＭａｃ大好き人間だ。筑波大卒のエリートでそのまま大学に残りお天気の研究をしていたそうだ。しかし、大が5つ付く程Ｍａｃが好きで、どうしてもアップルで働きたく、大学を辞めてようやく念願のアップルに入社することができたらしい。

面長の顔の形にブツブツニキビ、そして黒メガネと見るからにマニアックな匂いでぷんぷん。しかし、話をしてみると大変な物知りでたくさんの話題の引き出しをもっていて面白い人だという印象を持った。30代後半であるが、彼女いない歴が実年齢と同じであると本人が言っていた。そして、「アップルで働く前のＭａｃのいちユーザーだった時の方が幸せだった」という彼の言葉に私は妙に納得した。その高木がＭａｃ ＯＳのいろいろなメッセージを日本語化していた。他のエンジニアから高木の日本語が変だという陰口を聞いたことがあった。もしかしたら、筑波で研究をしていた方が、痛みはなかったのかもしれない、でもやりたい事に挑戦しなければ、痛みもない代わりに喜びもない、私はひそかに高木を応援していた。

中に入ってみると、エンジニア達はそれぞれプライドの塊であることがわかる。経理という仕事は何かを作り出す仕事ではないので、日々自分の仕事が成果物となる彼らが羨ましくも思った。お正月の三が日にＭａｃを立ち上げるとＭａｃアイコンと一緒に「あけましておめでとう」メッセージが出てくる。そしてパソコンを立ち上げるときに、何かをすると開発に携わった日本人開発者の名前がずらずらと出てくるらしい。さらにＭａｃについてくる操作マニュアル（当時は操作マニュアルがありました）を見ると、あれあれと思うほど、たとえの名前に社内の人間の名前がザクザク出てくる。公私混同という気もするが、それがアップルエンジニアの遊び心というものだろう。プロジェクトコードネームが入ったＴシャツを着ているエンジニアを社内でよく見かける。アップルではプロジェクトとして立ち上がっても、途中でぽしゃる事も多く最終的に商品となるケースは全体数からいくと少ない。プロジェクトが決まると、プロジェクトマネージャーはまず予算を確保する。その予算の中にプロジェクトコードが入ったＴシャツの製作費用は必ず含まれる。プロジェクトが途中で中止となってもＴシャツだけは残るという訳だ。ジャネット・ジャクソンが日本に来日した際、アップルがスポンサーをしたときがあった。ジャネットの踊る姿を型どったイラストとアップルロゴの入ったＴシャツに身を包み、コンサート会場の最前列に陣取った明らかに異質な人達が誰かは想像できますね。

ＭａｃＯＳの日本語へのローカライズを日本法人が担当していて、kanjitalk というＯＳ名がついていた。kanjitalk の開発担当エンジニアは1カ月の長期に渡ってクパティーノに滞在することが多々あった。浅野洋一はそのエンジニアのひとりだった。彼の見た目はいたって普通で、顔だちは悪くもなかったが、他のエンジニアから彼がモテないことでからかわれていた。私が感じたのは、彼は人と話をする時、妙に距離が近いところまで寄ってくるのだ。人との心地よい距離感がつかめないらしい。これを女性は「きもい」と捉えるのかもしれない。彼は日本にいる時は朝5時半には会社に来ていて、夕方3時過ぎには会社を出るというパターンだったので、私には浅野は若年寄りのイメージがあった。自転車が趣味で長期のアメリカ出張の際には自分の自転車を持ち込み、自転車でヨセミテ国立公園に行っているという話を聞いたがどうもピンとこなかった。

どういう経緯かは忘れてしまったが、同い年ということもあり、私と気があっていたテスターエンジニアの蜂須賀と浅野と私の3人で、自転車で伊豆を回ったことがあった。私も蜂須賀も自転車は持っていなく、二人とも浅野の自転車を借りて、伊豆まで車でいったん行き、その後自転車で回った。私はサイクリング程度を想像していが、山あり谷ありの道を上り下りすることになり、ロードサイクルの初心者にとっては、苦行のようなものだった。私だけでなく蜂須賀も途中何度も根を上げていた。私達がヒーヒー言っている横を浅野はスイスイ通り過ぎていき、彼を若年寄などと思っていた自分を反省した。

アップルでの会議は本音を真正面からぶつける。会議の場で罵倒しあうこともざらである。半年過ぎた頃から、私にも社内に友人と呼べる人がポツポツと出来始めていて、周りの私への当たりもきつくなくなってきていた。大川孝子はアメリカの大学を卒業し、ＸｅｒｏｘでSEをしていた経験がある。しかし、本人曰く自分には本当のＳＥのスキルはないそうだ。何かと言うと「孝子ちゃんはＳＥだったんだから、これくらいできるでしょ」と周りから言われるのが嫌だとも言っていた。アップルではプロジェクトマネージャという仕事をしていて、企画をするマーケティングとそれを形にするエンジニアの間に入りスケジュール管理をしたりする仕事だった。静岡で工務店を営む実家はかなり裕福らしく孝子の口から、親に何かと援助をしてもらっている事も聞いていた。

会議の場では孝子は皆に言われっぱなしになるらしい。言われたら、すぐに言い返すことができない彼女。しばらく経って「そんな事、私に言われたって」とキレ気味に言い出すので、皆には響かないという悪いローテーションにはまっている。そして、理不尽に対する怒りが絶頂になると私の所へ現れて涙ながらに訴える。私とは仕事がまったく被っていないのが良いらしい。彼女の主張を聞いていると皆が彼女に言いたい放題であるのがわかる。他人を責めるのは簡単だ。そして、責めている方は小さな優越感が生まれ、どんどんエスカレートする。

「もう頭にきた！　こんな会社辞めて、静岡に帰る！」と孝子はよく言ってたが、アメリカ出張も多い仕事なので、アメリカに行って帰ってくると「もう辞めてやる！」は言わなくなったが、根本はなかなか解決しない。

ソフトウエアエンジニアに木戸高志という30代後半の男性がいた。「僕の彼女が……」というのが口癖の男性だった。小柄でキテレツ大百科というアニメの主人公みたいで、顔の面積に対してメガネが大きい印象を持つ。彼は地頭が良い。そしてしゃべり方もしゃべる内容も知的だった。慶応卒であることから社歴は浅いもののプロジェクトの中でも中心を担っていた。エンジニアのほとんどは元々Ｍａｃ大好きユーザーであった人が多く、素人ながらに無料のソフトウエアを開発する有名人もいたが、いわゆる学歴が高い人ばかりではなかった。その中で見るからにエリートな木戸は異質な存在だった。「木戸あたま」と他のエンジニアをやゆしているのを聞いたことがあった。

木戸は気さくな人だった。最初にエンジニア達の飲み会に私を誘ってくれたのは木戸だった。当時オフィスは六本木にあったので、飲む場所はいたる所にあった。その飲み仲間に河原恵子もいた。河原恵子は酒が入ると感じが変わった。あの昼間のカチカチして、取りつく島がない立ち振る舞いとは異なり、動作も気持ちゆっくりしていて、人間臭さを感じて親しみが湧いた。そして日本酒の飲みっぷりが豪快だった。

私は当時横浜に住んでいたので、終電が気になってばかりいたが、私以外の人は私がソワソワしていても腰を上げずにじっくり飲んでいる。タクシーで帰れる距離に住んでいるし、そして何よりも朝の出社時間も厳しくないので慌てて帰る必要はないらしい。会社員ではあるが自由人の集まりである。これをアップルらしいと呼ぶらしい。確かに朝の11時前に人事部の部屋に行ってもずずちゃんも河原もだいたい出社していないはずだ。

デビーがアメリカに帰国し、イブと派遣社員さんと私の３人での新体制となった。

イブは優秀な人であり、ほめ上手な人だった。とにかく褒めてくれるので気持ちが良い。親指を立てて「Good Job!」とやたら褒め称えてくれる。私はおだてられ豚なので、褒められれば褒められる程、木に登り、もっと褒められたくて頑張った。

毎月、同じ月次決算をしているようだが、それなりにいろいろな事が起きる。これがアップルで働く面白さなのだと私はワクワクした。

そして何よりも、近未来のような技術を間近に目にすることができる。ピーター・スパークスという若いソフトウエアエンジニアがいた。父親がアメリカ人で母親が日本人のハーフだが、日本で育っているので日本語も上手だったが、英語が母国語だった。マサチューセッツ工科大を出ていて顔もモデルのようにカッコいい。彼と蜂須賀洋一は、年こそ蜂須賀の方が上だが、とても仲がいい。二人でつるんでいるところをよく見かける。二人が同じようなTシャツとジーンズ姿でディスコに行くと、蜂須賀はドレスコードに引っ掛かり入場できなかったが、ピーターは入場できたという噂もあった。

ある日ピーターがNewtonという新しいディバイスのテストをしていた。英語で「Newton, How are you??」と言うとNewtonという端末は音声を認識しタイプをしなくても文字認識する機能を有していた。しかし他の日本人が同じことをしても反応しないというのだ。多少、私は皆よりも発音がいいのではないかと、ピーターが私にテストするように依頼してきた。しかし私ごときの英語では

Newton君は反応してくれないのは、当然だった。今でこそ当たり前になっているが、１９９０年代には音声認証という考え方は最先端であり、私は時代の最先端に携わることができ、本当に楽しかった。

サンフランシスコを拠点として南へ走るルート１０１はノースとサウスがある。北と南。これを間違えるととんでもなく車を走らせる事になる。２回目のアメリカ出張から私はレンタカーを調達し自分で運転をすることにした。１９９０年代当時はカーナビなどなく、レンタカー屋さんでもらう簡単な地図が頼りである。日本の道路標示が　○○方面と地名が入っているのに対して、アメリカの表示は101North, 101Southとなっている。東西南北という考え方が普段はない日本人には大変厄介である。

サンフランシスコ空港からクパティーノまでは１０１サウスで向うことになる。しかし、出口を間違えると、いったんハイウエイを降りて、今度は反対車線の本来の行き先であるノース方向のハイウエイに乗りなおす、そして再びハイウエイを降りて今度はサウスのハイウエイに乗り、正しい出口で降りればたどり着くのだが、残念ながら日本の国道のように、簡単に反対車線へ方向転換することができないのであった。

そして、空港のレンタカー屋でもらう地図はダウンタウンの地図と、かなり大雑把なサンフランシスコ全体の地図しかなく、このハイウエイのシステムを理解したのも、何度もハイウエイを乗ったり降りたりした結果わかったことだった。いったんハイウエイを出て再度、反対側のレーンに戻る道も、ぐるーとハイウエイを横切る場合もあれば、すぐに戻れる場合もあり、反対側に行く方法がわかりづらい場合には、さらに間違えて市街地に出てしまったりと悪戦苦闘した。

私の悪い癖、それは出たとこ勝負なところだった。初めてレンタカーに乗るのに、まともな地図も持っていなかったのだ。何度もハイウエイを乗ったり降りたりしていると、自分がどこに向かっているのかわからなくなる。さらに地名に馴染みがないので、降りるべき出口にまだ到達していないのか、またはもう通り過ぎてしまったのかさえもわからない。その時はレッドウッドシティという空港とクパティーノの間にある街のソフィテルホテルに宿を取っていたのでなおさらだ。

何度も何度もハイウエイを乗り降りし、私の緊張も最大限に達した。脂汗が額から流れた。もうダメ。私はハイウエイから離れて最初に見えたデニーズに入った。ここはいったん自分を落ち着かせる時間が必要だったのだ。レンタカー屋さんの簡易地図とホテルのチラシをテーブルに広げ、焦点の合わない目でコーヒーを眺めていた。すると、隣に座っていたひげ面の体の大きなアメリカ人男性が話しかけてきた。私は簡単に事情を説明した。説明というよりも半分泣きべそで言った「ソフィテルホテルに行きたいのに行けない!」

すると、彼はいったんお店の外に出たと思ったら、使い古した地図を手に持って戻ってきた。「一つ地図があるので、これをあげるよ」、神が降りてきたと私は思った。そして、自分も同じ方面に行くので車で先導してあげるとも言ってくれた。後について走ると、ものの5分でホテルに到着した。「こんなに近くまで来ていたんだ」。焦ってしまった事で視野が狭くなっていたのだ。ホテルのロビーで彼にビールを1杯おごり、彼は帰って行った。日本に戻ってからこの話をすると皆が驚いた。たまたま、その彼が良い人だったからラッキーだったけど、というのが大方の意見だったが、私には道路に迷う不安の方が大きかった。

「ドンドンドン」　激しいドアノックの音で私は目覚めた。ドアを開けてみるとハウスメイドのおばちゃんだった。1週間の仕事の予定がすべて終わり私はホテルに戻り、ほっとしてベッドに倒れ込んだ。しかし、そのまま寝入ってしまったようだ。私はおばちゃんに「今日の掃除はいいから明日の朝来て」と言うと、おばちゃんは変な顔をした。それもそのはずである、丸一日寝てしまって次の日の朝になっていて、今日チェックアウトする日だった。あわてて荷造りをし、レンタカーに乗り込んで空港へ向かった。途中インターセクションのようなところがあり、道なりに進んでいくと海の上の橋のような道路を進んでいた。「ん？　？　こんな道、行きに通ったかな？」と思う間もなく今度は料金所らしきものがある。「まずい、また、道を間違えた！！」ヘイワードに来てしまった。ヘイワードはサンフランシスコ湾東岸にある綺麗な街だった。時間があったら降りて街を見て回りたいところだが、私はお昼過ぎの飛行機に乗らなければならない。急いで101本線に戻った。

「あなたは仕事もできるし、頭もいいわ。あと足らないのが学位だけよ」とおだて豚をさらに躍らせるような言葉をイブが言った。短大一年生の時に、家業の建設会社が不渡りを出し倒産した。その後、ご近所さんの紹介でアルバイトのつもりで面接に行った神奈川県海老名市のタカラ倉庫運輸サービスに経理として入社し、私のキャリアはスタートした。当時の経理部長だった林千恵子さんに私は育てられた。父親がサラリーマンではなかったので、部長と課長のどちらが偉いのかさえも知らなかったし、簿記の貸方、借方も当然わからない私に一から教えてくれたのが林さんだった。私の一生の恩師である。タカラ倉庫で7年働かせて頂き経理だけでなく社会人としての基礎をも作っていただいた。7年勤めたタカラ倉庫を退社し、オーストラリアへ留学してからが私の人生の転機だった。その後憧れのアップルへ入社できたのだ。

それ故にアップル入社時の私の最終学歴は短大中退であった。今では考えられないが、中退の最終学歴の私を世界のアップルは正規社員として採用してくれたのだ。私はいつも回りの人に支えていただいている。当時のアップルには教育支援プログラムがあり、直属の上司の承認を頂けたら大学の授業料の半分を会社が負担してくれるシステムがあった。イブは私にそれを勧めてくれた。イブの勧めもあり私は青山学院経営学部2部の社会人入学という枠に願書を出すことにした。社会人枠ということもあり、直属上司の推薦文も願書書類の一つであった。イブは快く推薦文を書いてくれた。そのあまりにも美しい文章に、西洋の褒める文化に私はうっとりした。そして、論文試験と面接を経て私は晴れて青山学院の大学生になった。昼間は仕事、夜と土曜日の学校とかなりのハードスケジュールではあったが充実した日々だった。

そんな折イブが妊娠した。初めての子だったので、イブもブルースも大喜びだった。イブはニコニコしながら「私の胸がさらに大きくなったのでブルースが写真に撮りたいって言うのよ。でも私はダメって言ったのよ」と私に話した。もう勝手にしてください。

しかしそれから数週間後、イブは流産をした。流産をした日、イブは休みを取って家から私に電話をかけてきた。彼女の辛さが私にも伝わり、私も一緒に電話口で泣いた。

それから数カ月後、イブはまた妊娠した。ブルースと相談した結果、イブはアメリカで子供を産む事を決断した。詳しい事情はわからないが、前回流産したのは、日本人医師の何かの見落としが原因だとイブは言っていた。イブがアメリカに帰るということは、私の上司がまた変わることを意味していた。

イブが後任として選んだのはジュディ・山口という40代前半の日系ハソイアンの女性だった。結婚はしていたが子供はいなく、日系人なので顔は古風な日本人顔ではあるが、日本語はただたどしくほとんど話せなかった。前職はシティバンクで、内部監査の仕事をしていた。ハワイ出身というと陽気で明るい人を想像するが、ジュディは落ち着いた、感じの良い人だった。綺麗な黒髪をボブにしていて全体的には地味な印象、アップルらしからぬスーツ姿で通勤していた。

イブとの引き継ぎの期間が1週間程度あったが、後半イブがイライラしている様子が伺えた。思った程、パソコンが使えないようだった。

イブがアメリカに帰国し、新しい体制になった。ジュディはいつも落ち着いていて穏やかに話をする人だった。感情表現が豊かでリアクションが大きいイブとはまたタイプが違った。私は今までと変わらず淡々と仕事をこなしていた。そんな時上司がジュディに代わって初めての人事評価があった。彼女の私への評価を見て私はビックリした。評価自体は可もなく不可もない真ん中だが、評価コメントがものすごい長文だった。

その長文には、Socializingという言葉が何回か登場した。Socializingという言葉が意味するものは、「いつもあっちこっちで油を売っていて、まじめに仕事をしていない」ということをいっていた。その頃には社内に友人もたくさんできていた私は社内で立ち話をすることも多々あったが、毎月第三営業日までのアメリカ本社への月次報告が遅れたことは一度もないし、ミスらしいミスも何もしていなかった。社内の人間と少々立ち話をする程度は、伸び伸びして寛容なアップルではまったく問題にならない事だと私は思っていた。それが今、私の評価として上司がSocializingというコメントをし、しいてはこれがアメリカ本社への報告となる。私の人となりを知らない人がこれを読んだら「遊んでばかりで仕事をしないヤツ」という印象を間違いなく持つ。

私は慌てて、ジュディに抗議した。ジュディは、「これは記録として正確に残した方が良いと思ったので書いただけで、貴方を評価していない訳ではないのよ」と言い、私の剣幕にたじろいでいた。これでは、私が社内でおしゃべりばかりしていて、仕事をしていないようではないか！ と私が言うと「あなたはちゃんと仕事をしているので、心配しないで」と訳のわからない事をジュディは言う。だったらこの Socializing という言葉を入れる必要はないのではないかと、さらに抗議するも、もうこれで提出してしまったので訂正ができないとの事だった。そして、自分はあなたを評価しているので心配しないでと私の肩に優しく手を置きながら繰り返す。「意味がわからない」と私は思った。

河原恵子が退職し、その後に入社した人事部の川口紘子と私は親しくしていた。一橋大学卒でアメリカの大学でＭＢＡを取得した才女だ。いつも淡々として聡明な人であったがときどき意外に辛辣な辛口コメントをする、私のマシンガントークを最後まで聞いてくれる聞き上手な人である。その川口にジュディの評価コメントの話をした。不思議な事にこの評価コメントいついては日本の人事はまったく知らず、ジュディがアメリカ本社に独自に報告していた事がわかった。「もしかしたら、栄子さんが自分の地位を脅かすとジュディは思っているのかもしれないわね」と彼女は言った。「え？」、思いもよらない彼女のコメントに私は戸惑った。

そんなこと微塵も考えたことがなかったが、もしそういうふうに考えたら、私の評価を下げておく必要はある。しかしなんとも、単純な脳細胞の私には理解できない発想だった。確かにイブと比べてしまうとジュディは変なところで細かく、マネージャーとして全体像を見るのは苦手そうだった。月次決算などは私に任せているが、「ここですか？」という変な所に細かいチェックを入れる。川口のコメントを聞いてから、そういう目でジュディを見ていると合点がいくことが多々あった。

ロン・メッカーというR＆D部門長がいた。太鼓腹の気のいい40代の白人男性で、ベトナム戦争で通信班として戦地で活躍した経験を持つ。当時入っていた森ビルの空調が良くなく、夏場はクーラーの効きが悪い。イブは「ここは水着で仕事をする場所よ」と言っていた。エンジニアがオフィスの空調について文句を言うと、決まってロンは「ベトナムの蒸し暑さはこんなもんではないぞ」と言うそうだ。ベトナム人の奥さんが作る料理が好きで、外食をしないとイブが言っていたのを思い出す。そして、後から思い返せばというレベルだが、超エリートでセレブのイブは、ロンを若干馬鹿にしていたところがあったようだ。

私にはSocializingと言っていたジュディだが、自身も日に何度も長い時間ロンの部屋で話しこんでいた。

もちろん、仕事の話もしていたと思うが、その回数は多かった。そしてその頃から徐々に、ロンの態度が変化していった。気の良い太鼓腹オジサンの中の何かが燃え始めた。数カ月後に日本人社長が退任し、ロンが代表取締役社長となった。そして、ジュディの態度も一変し、理不尽な論理をかざす傲慢な人に変身した。ロンが私に言ったことがあった。「イブなんかよりも、数倍ジュディの方が優秀で素晴らしい」と。そういう事だったのだ。

日本人社長を蹴落とす材料をジュディがロンに提供していたという噂まで流れた。私は大好きだったアップルではなくなったと思った。

それからジュディは数々の理不尽な事を言い出し、私は辟易としていた。そんな折、アップルの子会社であるファイルメーカーというソフトウエアの会社から、引き抜き話が私にきた。引き抜きと言っても同じグループ会社なので、大きな意味でアップル社員であることには変わらない。

ジュディにその話をすると彼女は激怒した。「We won't let you go」「あなたを行かせないわ」というのが第一声だった。ＩでなくＷｅが入っていた。ジュディ以外に誰が私を行かせないのであろう？そんなに必要に思ってくれていたのなら、なんであんな扱いをするのかというのが、私の正直な気持ちだった。ファイルメーカーの社長も巻き込んで、まさにスッタモンダになった。

数カ月揉めに揉めたが、どうにかファイルメーカーに異動することができるようになった。すると今度は、ジュディは「あなたにプロフィットシェアを払いたくない」と言い出した。アップルでは業績によって四半期毎にプロフィットシェアという名の業績ボーナスが支払われていた。私は退職ではなく、グループ間異動するのであり、業績ボーナスの支給対象であるのは間違いなかった。それを日本の人事部長である鈴木氏がいくら説明しても「払いたくない」の一点張り。私がファイルメーカーに移ってからも業績ボーナスは一向に支払われなかった。

青山学院に通う仲間に、同じ社会人入学で入った二人の友達がいた。一人は日産本社に勤務し、もう一人はシティバンクで働いていた。私が今、自分に起きているトラブルを彼女達に話すと二人は目をむいて驚いた。「会社の規定なので、揉める話ではないよね」と言われた。そして「一人の意見で払いたくないというのは、あり得ないし、その意見が通ってしまうのって変じゃない？」ともっともな返事が返ってきた。

しかし数カ月経っても一向に状況が変わらないので、私は賭けに出た。

私は「Apple Hotline」というホットラインに長いメールをした。事の顛末を丁寧に説明し、アメリカの人事に動いて欲しいという嘆願をした。

数日すると、人事部門ＶＰのアメリカ人から私に直接返事がきた。「あなたのケースは私が責任を持って対応します」という内容だった。だからやっぱりアップルは凄い！　こんな日本のペイペイの一社員の訴えを超偉い人が丁寧に答えてくれる。私は興奮が収まらなかった。そして、次の給料日に私の業績ボーナスは振り込まれた。やっぱり私が大好きなアップルだ！　私は心が躍った。

クラブメッド編

私と家族はモルジブに来ていた。

この一年半の地を這うような日々から開放され、青い空と澄んだ海の楽園リゾートに来ているのに、何故か心は晴れない。

息子と夫のはるちゃんが楽しそうにプールでふざけ合っているのを見ながら、ここ数日気になっている事で私の頭の中は一杯だった。

「生理がきていない！」そう、遅れることなくキチンキチンといつもきている生理がきていないのだ。「もしかしたら二人目ができたのかも」と私は思っていた。普通は喜ぶべきことなのではあるが、私の心境は複雑だった。私は前職場を退職し、次の会社に就職する前の1週間、家族とのバカンスでモルジブに来ていた。次に入社する会社の社長の顔が浮かび憂鬱になった。「入社しました、妊娠しました、産休取りますって言ったら社長怒るよね」というのが私の憂鬱の原因だった。

モルジブというと豪勢に聞こえるが、私は意地でバカンスの地をモルジブに選んだ。

前職場はクラブメッドというフランス系企業で、ヨーロッパを中心に全世界にホテルを持っている旅行会社であった。オールインクルーシブというシステムを導入していて、ホテルに着いた途端、全食事・飲み物・アクティビティーがすべて含まれているというシステムのバカンス村であった。モルジブにもホテルがあり、社員は割安で行けることから「いつかは」と思っていた「行きたいバカンス村」のひとつだった。それが、この数カ月の「解雇」騒動で私は退社を余技なくされ、心も身体もボロボロ状態な自分を癒す旅に出ていた。

アホみたいな私の意地で、「クラブメッド以外のモルジブの高級リゾートホテルに泊まろうよ！」とはるちゃんを説得し、1カ月の解雇手当を使い切ってやるぞという意気込みでモルジブ行きを決めた。そして、3人分の旅費は1カ月の解雇手当よりもはるかに高額だった。お金もないのに。

そんな裏事情たっぷりの旅だったからか、ホテルでもはるちゃんが裸で置いておいた20ドル札が無くなったりと小さなトラブルもあり、私の「心配事」もありで、私は旅行を心から楽しめないでいた。私があんまり元気がないのを主人が気づいた。思い切ってはるちゃんに「心配事」を伝えた。「それならそれで、仕事の事は、次の会社と相談するしかないだろ」と言われた。その通りである。そして「今そんな事考えても結論でないんだから、家に戻ってから考えるとして、とりあえず今はここを楽しんだら」と言われた。まったくその通りである。

それから帰国までの間、はるちゃんと息子の前では、楽しそうに振舞ったが、なんとなく心は晴れずにいた。

帰国後、私は真っ先に妊娠検査薬を買いに走った。すると、「陰性」つまり妊娠していないという結果が出た。でも、生理はきていない。数日空けてまた検査するも「陰性」。私は「これって、どういうこと」と思いパニックになった。思い切って親友のひとみちゃんに電話をしてみた。「えいこちゃんの歳で子供ができる訳ないじゃん。それ、ストレスで生理が止まったんだよ」と一言。そして、ダメ押しで「普通はストレスで生理不順になったと考えるのに、いきなり妊娠って思うのって、えいこちゃんらしいね」とも言われた。あまりにも意外な結末に私はうろたえた。「えー私、まだストレス抱えていたの！」。それが私の正直な気持ちだった。自分では割り切って、前の会社の事はもうすっかり忘れて次の会社でがんばるぞと思ってた。自分の中ではちゃんと整理ができていたつもりでいた。しかし、本人の気持ちとはかけ離れて時差が発生していて、身体はまだダメージを受けていたのだった。

私をクラブメッドに導いてくれたのは前職エルメスジャポンで同僚だった森川美穂子であった。彼女と私は同い年ということもあり、エルメスでの私の唯一の友人であった。森川はエルメスでは社長秘書をしていたが、クラブメッドでは人事部長としてして採用された。その森川からの口利きでクラブメッドの当時の社長であったフランス人フィリップ・プジョーと経理財務部本部長であった同じくフランス人フレデリック・ペシーと面接をし採用が決まった。

詳しくは、『エルメスでの「負けない」７６０日奮闘記』をご覧ください。

プライベートで、プーケットとバリのクラブメッドに行ったことがあり、クラブメッドに好印象を持っていた私は、森川からの話に飛びついた。旅行業とホテル業という新しいフィールドも興味があったし、何よりもあのリゾートを持っている会社で働きたいと思ったのだ。

クラブメッドのバカンス村（当時はホテルの事をバカンス村と呼んでいて、ホテルの総支配人を村長と呼んでいた）は華やかだった。ホテルの設備自体はそれ程豪華ではないが、ＧＯ（Gentil Organaisateur すてきなサポーター）と呼ばれるホテルスタッフが売りの一つであった。フランス系ということもあり、ヨーロッパやフランス領出身のスタッフも大勢いた。腰の高さが私の胸くらいまでありそうな、スーパーモデル並みのスタイルのエアロビインストラクターの女性はモーリシャス出身で、褐色の肌とその素晴らしいプロポーションで歩いているだけで絵になった。

彼らはホテルスタッフでありながらエンターテイナーでもあった。

昼間はそれぞれホテルスタッフとしての業務をこなしながら、毎夜、繰り広げられるＧＯによるショーのダンサーにもなり演奏家にもなった。

毎晩変わるドレスコードも、彼ら彼女らをさらに華やかに見せた。「オールホワイト」というドレスコードの日には、全身まっ白の衣装を身に包んだ体格の良い彼らを見るとまさに圧巻であった。アジア系ＧＯもたくさんいて、誰もが英語が堪能であったし、フランス語が母国語のＧＯが大半を占めていてバカンス村にいると英語、フランス語がアチコチで聞く事ができた。

ＧＯのネームプレートには話せる言語の国旗がついていて、５つも６つも国旗がついているＧＯもたくさんいた。

ユニークな彼らの仕事の中に、お客様と同じテーブルで食事をすることがある。クラブメッドはビュッフェ方式の食事スタイルでダイニングテーブルはほとんどが８〜10人がけで、一人で旅行に来たゲストも、この大きなテーブルに通され、同じテーブルのゲストやGOと楽しくお喋りしながら食事をとることができた。

ときどきというか、かなり頻繁に「仕事熱心すぎるGO」がお客様を楽しませるため、夜のサービスをしてしまい、トラブルとなることがあったが、その辺は寛容なヨーロッパ気質で大きな問題には至っていなかった。ゲストの中にはお気に入りのGOがいて「そのGO目当て」に足繁く通っている方もいたし、GO同士でお付き合いをしたり、別れたり、また別の人と付き合ったりと「恋の噂」には事足りなかった。GO達がホテルの敷地内に住んでいる事もあり、お休みの日でもない限り、GOにとっては生活の場=クラブメッドとなってた。

クラブメッド日本法人オフィスは、そのバカンス村の華やかさとは、かけ離れた「役所」のような場所だった。全体で100坪程ある広いオフィスに100人程度の人が本社機能として働いていた。オフィス入り口には、海底をイメージしたような青い大きな岩の造作物と海草のようなモチーフが飾られていたが、白い紙粘土で作ったものを青の絵の具で塗ったような代物で、色ムラがあったり、ところどころ剥げていて、私にはかえってチープに見えた。

入り口を過ぎると会議室があり、会議室を通り過ぎると個室の部屋が壁際に5つあり、通路を隔てて個室郡の前に平机の島がいくつかあった。一番奥の広い個室は社長であるフィリップ・プジョーの部屋でその隣が人事本部長兼ホテルを運営する会社の代表取締役であるベルギー人アーリー・ビショップの部屋、そしてその隣は私が使う事になる少し小さい部屋。そしてその隣が、私の上司フレデリック・ペシーの部屋。一番端の部屋が森川美穂子の部屋となっていた。個室の前の島はそれぞれ、人事と経理部員たちが座っていた。

人事と経理にはさまれて、一人トボケた感じの背の高い、褐色の肌の男性がいた。モロッコ人のアベル・デイアスだ。彼はGO経験が長くさらに社歴も長い。元GOの日本人妻と子供がいて、ホテルの備品調達やら諸々を担当していた。シャンプーなどの備品の納入業者へ無理な値引き交渉などをよくしていた。内容的にはエグイ事を、周りの皆にも聞こえる大きな声で、日本語で電話をよくしていたが、彼の怪しげな東北なまりのような発音の日本語が妙な親しみやすさをかもし出していて、強烈な内容の会話もそうとは不思議に聞こえなかった。

私がクラブメッドに入社する前に、マレーシアのバカンス村に家族で行ったことがあった。「ネイチャー体験」という企画があり、夜中に亀の赤ちゃんを海に放すイベントがあった。入社後に気がついたが、そのイベントで東北なまりのような怪しい日本語で、現地を仕切っていたのがアベルだった。人事本部長であるアーリーも、もとGOだったらしく、アーリーとアベルの関係は師弟関係のようで、アーリーに呼ばれるとアベルは物凄い速さでアーリーの個室に走って行った。

経理部の島には女性が3人座っていた。彼女達が私の部下である。アシスタントマネージャーの兵藤綾子。スタッフの山口博美と松上恵子であった。アシスタントマネージャーである兵藤は化粧けもない地味な30代半ばの女性であった。仕事はきちんと出来るが、マネージャーという器ではなく、スタッフに振りづらい業務をすべて自分でカバーするような女性だった。クラブメッドで働いて4年程度である。

山口は元GOで、バカンス村で働いていた期間と通年すると20年以上クラブメッドで働いていた。同じくGOだったフランス人男性と結婚し子供も授かるが数年後に離婚したらしく、シングルマザーで子育てに奮闘、しかし今や一人娘は大学生になり随分余裕ができてきたように見える。山口とアベルも、元GO同士ということもあり仲がよく、二人はフランス語でときどき雑談していたが、フランス語がわからない私は何を楽しげに話しているのかは理解できなかった。

松上はクラブメッドに勤務して8年くらいである。痩せ型の物言いがキツイ30代前半の女性で、結婚はしていたが子供はいなかった。クラシックバレエを長年やっているらしく、ときどき発表会にも出ているようだ。そして、兵藤綾子の天敵であった。兵藤は松上に対して苦手を通り越して「恐怖」を感じていた。何か彼女に言ったら、何を言い返されるかとビクビクしていた。一回、兵藤を部屋に呼び、話を聞いた事があったが、兵藤は「夢の中に松上さんが出てきて、私が言うことすべてに反論してくるんです。私、彼女が怖いんです」と言いながら涙を流していた。

個室郡を過ぎると仕切りのない大きな空間が広がっていて営業・マーケティング・予約・コールセ

ンター担当者がおのおのの部署ごとに島を作っていた。一番大きい島が、お客様からの予約電話を取るコールセンターで、10人くらいの女性たちが電話を取っていた。

私の肩書きは一応、部長だったが、私よりも肩書きが上である「本」が頭につく、営業本部長・マーケティング本部長・管理本部長達は平机の島に座っていた。彼らの一人が嫌味を込めてであろうが、私の個室もある個室郡の前の通路を「シャンゼリゼ大通り」と呼んでいた。

オフィスの備品も古かった。このオフィスに引っ越してから20年くらい過ぎているらしく、床のあちこちに穴があった。机も椅子もかなり年季が入っていて新しい家具は個室の中にしかなかった。

クラブメッドは日本に進出して、はや30年たっていた。クラブメッドしか知らない社員も数人いると最初に聞いた私は驚いた。そして何よりも私を驚かせたのは、外資でありながら組合があるということであった。

入社前に森川からこんな事を言われた。「もし、えいこが入社することになったら、お願いしたいことがあるの。本当はこんな事を私の立場で言ってはいけないのだけど、お願いだから組合には入らないで」と。外資に組合があるとは思いもよらない私はびっくりした。「え！　組合があるの！　でも、普通は、管理職は組合に入れないでしょ？」と私が聞くと「うちは管理職も入れるし、ほとんどの管理職が入っているのよ」と森川。よくよく聞くと、この組合との折衝に森川は相当苦労しているらしい。その組合に自分の友人である私に入ってほしくなかったらしい。そんな心配はご無用であった。「管理職はそもそも会社側の人間なんだから、それが組合に入るなんて私には腑に落ちないから、心配いらないよ」と私が言っても森川はまだ心配そうだった。「それに、管理職でなくても自分の待遇に不満があったら、私なら自分で会社に直接文句を言うし、それで動かなければ他に生きる道を探すタイプだから。絶対に入らないから大丈夫よ」と話した。

後でわかったことだが、旅行業界自体が薄利多売の業界であり粗利が低いビジネスモデルだった。さらに当時はテロや狂牛病・鳥インフルの蔓延などで旅行熱が下火になっている環境だった。

私のように外資系企業を渡り歩いてヘッドハンティングされている者とは異なり、生え抜きだった り、業界内で転職をしている人は、おのずと報酬が低かった。立場が弱い人同士が団結して地位や処遇を改善されるように動くことは必要である。しかし、今まで幸か不幸か組合がある会社に勤務した経験がなく、あの多国籍で華やかなバカンス村を持っている会社に組合があるというアンバランスさが私には不思議に思えた。

「2~3人でチームを作り、組合に入れたい人をランチに誘い、皆で勧誘するから気をつけて」と森川に言われたが、なぜか私は誘われない気がしていた。

私の予想通り、組合には誘われなかった。森川の友人であることを皆が知っていたので、そんな人を自分たちの仲間に引き入れる筈もなく、私は誘われることもなく組合員になることもなかった。

社長のフィリップはその風貌と同じく強烈な人だった。

40代中頃の中肉中背で強面のスキンヘッド、しかも同性愛者であることを隠していなかった。話し方や使う言葉は過激であり、いつも誰かを怒鳴り飛ばしている印象の人ではあったが、手の運び足のちょっとした曲げ方を見ると彼の女性の部分がちらりと見えた。

私のことは「シュギハラ！」といつも叫びながら呼んでいた。私たち日本人が英語のRの発音に苦労するように、フランス人にも発音しづらい音がいくつかある。HやSuというような音である。昔の職場の社長の名前が「ひろし」さんだった。フランスから夕方電話がかかってきたのを私が取った事があった。「イゴシ、プリーズ」と言われて「え、誰？」と何度も聞き返した思い出がある。フィリップも私の苗字SUGIHARAのSUが発音しづらかったようだ。

毎週月曜日の朝一番に管理職会議があったが、この場ではいつも誰かが、フィリップの槍玉に挙げられていた。ある時は営業、ある時はマーケティング。沖縄の石垣島と北海道の帯広にあるバカンス村は日本法人が運営をしていて、ここへの集客がいつも話題にあがった。沖縄のバカンス村は川平湾に面していることから「カビラ」と呼び、北海道のバカンス村は、帯広から車で1時間ほどの所にある新得町の村を「サホロ」と呼んでいた。もちろん、日本以外にも世界中にバカンス村はあった。

他のバカンス村は日本以外の国で運営管理をしていたので、日本以外の国にあるバカンス村へゲストをお送りする時には、部屋を買い付けて飛行機の予約を取るという旅行業の業務だけであるが、カビラとサホロに関してはホテルの運営管理も日本の担当であった。プロモーションの良し悪しから、なぜ予約が入らないかということまで、誰かを罵倒していた。そして、罵倒した最後には「The door is always open」とよく言っていた。普通はこの言葉は、「ドアはいつでも開いているから気軽に訪ねてきていいよ」という意味で使うのであるが、フィリップはまったく真逆の意味で言っていた「嫌だったら出て行け、ドアはいつも開いているから」

入社して1年くらいたったある土曜日に、仕事が終わらなかった私は小学校に入って間もない息子を連れて出勤していた。誰も来るはずもないと思っていたが、なんと、フィリップが私服で会社に来てしまった。息子をフィリップに紹介した後、息子は大好きなお煎餅を私のオフィスで貪り食べていた。お煎餅は匂いもそうだが、音もうるさい、私は個室のドアを開けていたので、お煎餅を食べる音が静かなオフィスに響いていた。気になった私は息子に、「向こうのお部屋にいるママの会社の社長さんにもお煎餅をあげてきて」と息子に言った。「わかった」と言った息子はフィリップの元へお煎餅を持っていった。戻ってきた息子に、「どおだった？」と聞くと「サンキューだって」と言った。

その数日後、相変わらず残業している私をフィリップは自室へ呼んだ。

「シュギハラ、最近残業が多くて顔が暗くなっているぞ！」といきなり言われた。「お前の息子を見習え！　はっきり言って普通の子供は俺を怖がる。なのに、お前の息子はこの前、ふふふーん、ふふふーんと言いながら軽い足どりで俺を怖がりもせずに近寄り、煎餅を持ってきたぞ。お前はあの子の母親なんだから、あの子のああいう〝図々しい〟ところをお前も持っているはずだろう。もっと気楽にいけ！　数字が多少違ってたって誰も死にやしないぞ！　煮詰まったと思ったら、その辺を散歩してお茶でもしてこい、それを咎める者も誰もいないぞ！」と矢継ぎ早に言われた。「ふふふーん」という時には、うちの息子の特徴を真似た実演までしてくれた。

「誰も死なないか」。確かにそうだ。もっと肩の力を抜かなくちゃと思った。

当時は必死だったから気がつかなかったが、私の肩に力が入る理由があった。

入社して初めて、自分は他の社員と比べて高給とりだったことがわかった。それが私のプレッシャーの原因だった。「皆よりもたくさんもらっているので皆よりも仕事をしなくちゃ」とか「フィリップとフレデリックに期待されているので、高い買い物だったと思われないようにしなくしゃ」とか変なプレッシャーを自分自身にかけていた。それは、私が元来、長女気質であり、優等生のいい子ちゃんでいたい気持ちが強かったせいもあると、今では思えるのではあるが、当時はそんな分析はまったく出来ていなく、自分で自分を追い詰めていた。

自分で言うのも変だが、私は外国人との面接にめちゃめちゃ強い。日本人らしからぬ物言いと、自信に満ち溢れた態度（本当は、超びびりの小心者を隠すための態度ではあるが）をだいたいの外国人は好評価する。特にフィリップのようなガンガンタイプの人には好まれた。今回、私がクラブメッドに採用されたのも、フィリップが私をいたく気に入ったからであり、社長のフィリップが乗り気である以上、フレデリックはノーとは言わない。フィリップタイプの人は第一印象で「その人」の評価を決めてしまい、最初にしくじるとなかなか評価を変えてはくれない。反対に最初の印象が良いと、よっぽどヘマしない限り好評価は崩れない。彼は面接の時の私のイメージを強く持っていて、若干、私を過大評価しているようだった。その分「フィリップとフレデリックに期待されているので、高い買い物だったと思われないようにしなくしゃ」と私の肩にさらに力が入るわけである。

私の上司フレデリックは、正面の顔と横顔の印象がだいぶん違う。顔の造りは良い。しかし、正面を向くと若干、口の形が森進一っぽくて、目鼻立ちは良いものの顔全体にだらしない印象が残る。目が多少離れていることもあり、ウルトラマンの全体に森進一の口というのが私の印象だった。しかし横顔はアジア人の血を引く彼の良さが垣間見れ、色男である。事実、彼のお母さんはベトナム人で父親がフランス人だった。

フィリップのあの怒涛の勢いとは真逆で、年齢も30代半ばと若いせいもあり、フレデリックは大人しい印象の人だ。彼はフィリップにとっては弟のような存在であるようだ。フレデリックが苦手な経理部分を一気に引き受け、さらには今テンヤワンヤになっているシンガポール支社やフランス本社へのレポート関係のサポートをする人材として私は採用された。

面接の時には、日本語を一切話さず英語で私と面接をしたフレデリックだが、実はかなり日本語が堪能だ。

なんでも、以前の職場では日本語でコミュニケーションを取っていたそうだが、重大なコミュニケーションミスがあったとのことで、クラブメッドでは仕事の場は日本語を一切話さなかった。しかし時折、営業の人達とのタバコトークでは、流暢な日本語で話しているのを聞いたことがあった。日本人の女性と最近結婚したばかりで、クラブメッドで働いてまだ2年くらいだった。

経理財務部本部長という肩書きではあったが、自らいろいろな資料やレポートを作ることを好み、部屋のドアを閉めて一人で作業をしていることも多かった。

パソコンソフトのエクセルが得意で様々な関数が使えた。シンガポール支社へレポート提出する際に私に説明をしながらレポートを作っている彼に、私は驚いた。彼には見直すという習慣がないようで、「はい、できた。さあ、送ろう」と見直しもせずにどんどんメールで送っていた。なので彼の仕事ぶりは、慎重そうな外見とは一致していなかった。そんな様子なので、ときどき計算式が間違っていることに気がつかず、間違った数字を報告するという不名誉な事もあったようだ。

普段の彼の英語は多少たどたどしさがあったが、プレゼンテーションの場などで皆の前で話をするときには、なぜかいつものたどたどしさは無くなり、とても流暢になるという特技をもっていた。

入社したばかりの私は研修と称してシンガポールの支社へ立ち寄ってから、タイのプーケットへ行くように命じられた。バカンス村の中でもプーケットの建物が一番古く、宿泊料金も安いことから、会社内のミーティングの場所としてプーケットがよく使われた。

プーケットのバカンス村の村長はメキシコ出身の女性にもてそうなマッチョな男性だった。村長は普通のホテルでいえば総支配人の役割であるが、そういうイメージで村長を見ると、随分違う。私が初めてプーケットの村長に会ったときは、彼はゲストとテニスをしてきたと言って、Tシャツ短パン姿だった。

そして夜には、全身まっ白のステージ衣装に着替え、スポットライトを浴びてショーの司会をしていた。マイクを持ってプロの司会者ばりに、英語・フランス語で司会ができ、ジョークを飛ばせることができるようなカリスマ性が村長には要求された。事実、それが村長の仕事の一つでもあった。

私は一応、研修でプーケットに来ていたので、燦々太陽の下、パソコンを片手にプールサイドを横切り、各セクションのマネージャーから彼らの仕事内容についての説明を受けた。まず最初に会ったのが、バカンス村で経理を担当する経理マネージャーだった。アシスタントに女性が一人つけられていた。経理マネージャーはベルギー人の30代中頃の明るい女性だった。経理マネージャーもアシスタントも、その道の専門家という訳ではなく、GOの中で多少パソコンが使えるとか、事務仕事ができそうな人がなっていた。現にこの経理マネージャーも元々はエアロビのトレーナーとしてクラブメッドに入社していた。さらには村長もテニストレーナーだったり、エアロビインストラクターだった人の中でカリスマ性があって華やかな人が村長に抜擢されていた。

その後、フロント担当・車両手配担当・キッチンのシェフ・設備メンテナンスと普通のホテルでもあるセクション長と会った後、クラブメッド独特のセクション長にあった。一つのバカンス村の中で300人以上の人達が働いていたが、一番ユニークなのは、やっぱりサーカスGOだろう。クラブメッドではゲストがサーカスの空中ブランコ体験ができる。命綱もつけて、下にはマットも敷いてあるので安心して試せる。なんでもキャッチャーという飛んできた人を受け止める役が一番難しいらしく、筋肉隆々のイケメン男性が担当していた。ヨーロッパから来ているゲストの中には1カ月の長期滞在をしている方もいらして、毎日少しずつ練習して、帰国する頃にはキャッチャーにしっかりと掴んでもらい見事な技を見せる方もいた。ときどき、夜のイベントとしてサーカスGOが空中ブランコやロープを使ったアクロバット技を披露する時があるが、それに混じってゲストが練習の成果を披露する場も設けられ、大好評だった。

バカンス村には振り付け師もいた。毎晩、趣向を変えたGOショーが繰り広げられるが、その振り付け・構成並びに演技指導を担当していた。GOの中にはエアロビやヨガインストラクターもいたが、ほとんどはダンスが本職ではなかった。しかし、それなりにカッコ良くステージで踊っている姿に、私は感心した。

一つのバカンス村に2~3人の日本人スタッフがいて、元来数字に強い日本人が経理マネージャーアシスタントになっていることも多かったが、自分の本来の仕事の他に日本人ゲストがいらっしゃる場合にはそのサポート、そして夜のショーに出演と多忙を極めていて、クラブメッドが好きだとか、外国で働きたい人でないと出来ない仕事だった。

　GOはバカンス村内に住んでいて、食事もビュッフェレストランに行けば無料で食べられることから報酬はビックリするほど低かったので、離職率も高く人事はいつも頭を痛めていた。

　森川の部下である本社人事スタッフがバカンス村の人事担当GOと電話をしている声が、よく私の個室にも聞こえてきた。「誰だれと誰だれがつきあっている」とか「誰だれと誰だれが最近別れたらしい」と話をしているのを聞いて、私は森川に言った事がある。「仕事中に噂話をしていていいの？」と、すると森川は「ああ、あれは仕事なのよ。誰と誰が付き合っているのかを知らないと、別の村へ移す時に一緒に移動させないと二人とも辞めちゃうから。または、元彼・元かのを同じ村に移動させるとどっちかが辞めてしまうし。こういう情報を常に把握するのも人事の仕事なのよ」と言われビックリした。

　バカンス村では一年を半分に分け、それぞれを1シーズンと呼び、4シーズンつまり2年間一つの村で働くと必ず別の村に異動しなくてはいけないシステムになっていた。もちろん、本人達の希望を聞くが必ずしも希望が適わなかったり、ポジションの空きがなかったりもする、辞めずに働き続けてもらうようにしなくてはいけなく、人事は大変な仕事だった。海外のバカンス村で働きたい日本人GOは、わんさかいる。しかしいくら働きたくても、そのバカンス村に日本人ゲストが行かないようであれば、異動もできなかった。

森川がサホロやカビラのバカンス村に行くと、滞在中は休みなしでGO達の愚痴や不満を聞き、GO同士の恋のもつれの相談を受け、中には泣き出すGOを慰めてと大変そうだった。

冬のシーズンはサホロのバカンス村は稼ぎ時である。日本の綺麗なパウダースノーを目当てに東南アジアからもたくさんのゲストが訪れる。そのためにスキーシーズンには、たくさんのスキーインストラクターを世界中から集めてゲストをお迎えする。ある時、カナダ人GOの入国書類が通らず、来日できないという騒ぎがあり、慌てて日帰りで森川は北海道に飛んでいった。出入国管理局と渡りあい、どうにか入国許可がおりたという話をしていた。


プーケットから戻った私は本格的に仕事に入った。まずは、どのようなお金の流れがあり、経理の中で誰がどんな仕事をしているのかを把握することに努めた。

その中で、お客様の予約情報を入れる受注・発券システムと経理システムがリンクしていることが分かった。転職するたびのいつものことではあるが、またしても受注・発券システムは自社開発で使いづらいものであった。

ゲストから直接ご予約を頂く場合もあれば、旅行業者様経由のご予約、ツアーを組んでいる旅行会社様へお部屋だけ提供するものがあった。その週にどこのバカンス村に何人ゲストをお送りし、お一人当たりの平均旅行代金がいくらでホテルの稼働率が何パーセントでというレポートを、毎週フィリップ他のマネージメントに出していることを知った。

この業務はアシスタントマネージャーである兵藤綾子が出していたが、このデータを受注システムから取り出すのが、なかなかやっかいであった。

旅行業とホテル業、それぞれ別会社で経理をしているので、サホロ・カビラのバカンス村部屋代の付け替え請求があったり、他の国のバカンス村への部屋代の付け替え請求もあり、かなり面倒な経理をしていることがわかった。

入社したばかりの私にフィリップからの依頼がきた。クラブメッドでは、マーケティング予算のかなりの額を使い、旅行パンフレットを方面別に作っていた。それらを各旅行業者様のカウンターに置いて頂いていた。お取引のある旅行業者・店舗もいろいろあり、月に数千万受注いただける会社・店舗もあれば、半年に数十万程度の会社もあり、かなりばらつきがあった。そして、その取引窓口の多さに私は驚いた。最大手のＪＴＢさんだけでも１００以上の窓口がある上に、ご夫婦で経営されている旅行業者も含めて物凄い数の会社と取引をしていた。

フィリップ曰く、同じＪＴＢの中でも毎月のお取引が多いAランク店舗さんと、めったにお取引がないCランク店舗さんにどちらも同じように単価の高いパンフレットをばら撒いているのではないかと、考えていた。それを検証してほしいとのことだった。

クラブメッド以前までの私の職歴は「経理」である。分析は他の人が担当していて、まったくもって経験がなかった。でも「高い買い物」とフィリップに思われたくなかったし、ここで良いところを見せたいという見栄もあった。

私は作業に着手した。必然的に物凄い量のデータをはじめて扱った。表計算ソフトのエクセルは依然から使えていたし、関数も多少は使えてはいたが、膨大なデータを前にどこをどうやって始めて良いのか見当もつかなかった。

まずはフレデリックに相談してみた。彼はとても感じよく対応をしてはくれるが、やり方やどのように分析を進めたら良いのかの具体的なアドバイスはしてくれなかった。

困った私は森川に相談してみた。森川は「だったら業務担当本部長の柳川さんに聞いてみたら？彼だったら、フィリップがどんな物を望んでいるかわかると思うよ」とアドバイスをくれた。さっそく柳川に聞いてみた。彼は管理職の中で唯一の生え抜きで、クラブメッドしか会社を知らなかった。森川曰く、組合の人達とも交友があるが本人は組合に入っていなく、生え抜きには思えない〝柔軟さを〟持っているとの森川の弁。しかし、ときどきひょんな所で、組合側の人間側である顔をチラつかせるとも森川は言っていた。

柳川はとても良いアドバイスをくれた。つまり、フィリップは数十種類あるパンフレット毎の製作単価とそれぞれの製作数を掛けてパンフレットにかかっている費用を割り出し、それに、どのお店にどのくらい配布しているかの実質の数字をだし、そのお店の売上高と費やされている経費との関係を知りたいのだ。そして、どこの誰がどういう情報を持っていて、どのように集めればよいかも教えてくれた。

よし、これで何をすれば良いのかがわかった。でも、こんなに大量のデータを扱えるパソコンスキルが私にあるだろうか。さあ、困った！　どうしよう。私は友人である岩本敦子の顔が浮かんだ。彼女はプログラマーを育成するＩＴ専門学校の先生をしていた。

彼女からエクセルの関数の使い方を徹底的に教わった。いくつもの関数を組み合わせて、欲しい集計を大量のデータから抽出できることを私は学んだ。前職のエルメスでも「アナリストチーム」はかなり関数を使えるスタッフがいて、チョコチョコ聞いては教えてもらってはいたが、ここまで必要とする場面がなかったので、私はサボったままでしっかりやってこないでいた。

とはいえ、初めてやることなので、毎日試行錯誤しながらの作業であり、思いのほか時間がかかってしまった。入社したばかりではあったが、もっとも大事な自分の本業である「会社の経理」の流れをきちんと把握することは後回しになり、経理スタッフに任せっきりになってしまっていた。

ようやく人に見せられるレベルの物ができたので、分析しグラフにした資料をフィリップに見せた。「シュギハラ、いいぞ！」とのお褒めの第一声を頂いた。そのデータはフィリップが睨んだ通り、会社のかなりの経費を使って作られたパンフレットであるにも関わらず、配布先は売上が高かろうが低かろうがお構いなしに、ばら撒いていている状況を示していた。「シュギハラ、これを今度のセールスミーティングで発表しろ」と言われた。

月に1回、セールスミーティングと称して朝から晩まで丸一日会議室に詰めっきりで、営業チームを中心にフィリップ、フレデリック、アーリー、さらに各部の本部長達、そして森川がメンバーになって会議をしていた。

私が発表する順番になり会議室へ呼ばれた。会議室に入るとなんとも言えない重い空気が漂っていた。

会社の皆にとって私は「組合と戦っている人事部長の友人」であり、入社して数カ月過ぎてはいたが私に積極的に話しかける人はぜんぜんいなかった。そういう環境でもあったし、自意識過剰だったかもしれないが、会議室にいる日本人皆の目が私に対して冷たいような気がした。

私は英語で説明を始めた。するとフィリップが大声で私の声を遮った。「シュギハラ、深呼吸しろ！」。どうやら、過度な緊張状態の顔をしていたようだ。私は素直にフィリップのアドバイスに従い、その場で深呼吸をした。すると、なんだか落ち着いてきた。フィリップは「英語が苦手の者もいるし、自分は内容をわかっているから、いいから日本語で話せ！」と言った。

私は落ち着きを取り戻し、分析結果を示したスライドの説明をしていった。私の説明が終わるとフィリップが口を開いた。「シュギハラ、良いプレゼンをありがとう！　お前達、見たか？　入社したてのシュギハラがこんな分析をしたぞ！　こんなに非効率な事を今までやってきたんだぞ。これからパンフレットの配り方を一から見直せ！」と一喝した。彼はこれがしたかったのだ。入社したての「よそもの」の私が作った資料で営業たちに活をいれたかったのだと、私は思った。慣れない大量データと睨めっこの作業ではあったが、とても気持ちの良い達成感を味わう事ができて、私も楽しかった。

クラブメッドの経理は複雑だった。使いづらいシステムを使っている上に、2つの会社の帳簿を作っている事が原因だった。にもかかわらず、スタッフの山口博美と松上恵子はあまり残業をすることもなく淡々と仕事をこなしていた。

フレデリックに二人の仕事ぶりについて聞いてみたことがあった。彼は「二人とも仕事ができるという訳ではなくて、もう何年も同じ仕事をしているので、ステップAからZのように覚えた順番で機械のように仕事をしているだけで、内容を理解してやっている訳ではないよ」と言った。確かに二人に仕事内容について聞くと、若干説明がわかりづらい。

私自身も旅行業免許更新のための提出書類作成などに追われていることを理由に、あえて掘り下げて二人の業務を知ろうとしなかった。

アシスタントマネージャーの兵藤綾子をフレデリックは好評価していた。彼女は私にも従順だったがフレデリックには特に従順だった。フレデリックも彼女が松上に恐怖を抱いていることを知っていたが、私に「兵藤さんは子供みたいだ」と言っていて特に何かを講じようとはしなかった。山口博美は松上恵子のように人当たりは悪くなく、どちらかと言うとお喋り好きで他の部署に友達がたくさんいた。なので、兵藤も山口に仕事を振れば良いものを、振る事はせずに自分で処理していた。

私が兵藤に「私が手伝えることはある？　私が何をしたら、あなたは助かる？」と聞いても「大丈夫です。ありがとうございます」というだけだった。

後から森川から聞いた話だが、以前は日本人男性の経理マネージャーがいたそうで、自分の仕事だけをし、フレデリックと話しをすることもなかったそうだ。フレデリックが予算や分析、レポートを担当し、お互いまったく干渉しないで仕事を進めていたそうだ。

その方が退社することになり、フレデリックが気に入っていた兵藤に白羽の矢がたち、スタッフからマネージャーになったそうだ。しかしながら、あの二人のスタッフの上司という荷は兵藤には重すぎたらしく、本人からも「私にはできません」という申し出があり、今のアシスタントマネジャーという役職に落ち着いたとのことだった。

そして、フレデリックは「経理だけ」ではなく、自分が今している仕事（予算分析・レポーティング）もするようなポジションを作りたかったらしくし、役職も「部長」として探していたところ、森川が私を紹介したという経緯だった。

兵藤は暗かった。そして、すこしオドオドしている印象だった。ハキハキ話すタイプでなく、地頭が良い松上に言い負かされてしまうことを極端に恐れていた。兵藤・山口・松上は机を向かい合わせた島で一緒に仕事をしていたが、山口と松上はときどき談笑していたが、それに兵藤が加わることはなかった。

クラブメッドではシーズン毎に予算を作っていた。カビラとサホロにはそれぞれフランス人の経理マネージャーがいて、その下のアシスタント二人も私の部下ということになっていた。それぞれのバカンス村の経理マネージャーから予算案が送られてくるのだが、入力間違いや変な数字もたくさんあった。彼らは経理の専門家ではないので、致し方なかった。その都度、電話をして確認をしていくのだが要領を得ないことも多かった。

そして月に1回、ホテル運営会社の代表でもあるアーリー・フレデリックと私とでカビラとサホロの経理マネージャーから月の数字の報告を受けていた。私以外は皆フランス人語が母国語の人達なので、ちょっと話をすると「失礼」とアーリーが言い出し、フランス語での会話になった。私は挨拶程度しかフランス語はわからないので、しばらく待ち状態が続いた。

4シーズンで他のバカンス村へ移動するというルールはあったが、人によっては例外もあった。村長に次ぐ本当の意味の総支配人的な役割を担う人が各バカンス村にもいて、サホロは雅恵さんという日本人女性が仕切っていた。彼女もスキーなどの道具調達を担当するフランス人GOと結婚していたが子供はいなかった。彼女は2年以上サホロにいた。しかし、夏のシーズンはサホロは2カ月程しか営業しなく、休業中は他のバカンス村へヘルプに入っていたので、実質はそんなに長くないのかもしれない。

雅恵さんは、背が高く特別な美人という顔立ちではないが、外国人受けする要素を持っていた。サバサバして淡々とした女性で、「私達夫婦は身一つで生きているから」と言っていた。彼女がNO.2の立場ということもあり、他のGOよりは広い部屋に住んでいたが、「家も持たない、家具も持たない。少しの手持ち品と身一つで生きていて、明日はどこに住んでいるかもわからない身だから」というのを悲観的な響きはなく、明るくあっけらかんと話していた。

ときどき、彼女の夫がゲストへの対応が悪いということで、大きなクレームに発展することがあり、その後始末に苦労している彼女を見た事があった。冬の時期には、彼はスキー道具レンタルカウンターの責任者をしていた。春節の頃には途方もないお金持ち中国人がバカンスにやってくる。そういう人達は召使を何人も同行させ、ワガママ放題である。正義感の強い彼はそんな超お金持ちゲストを特別扱いしなかった事で大クレームになった。

1回だけ彼女と彼女の夫と同じテーブルで食事をしたことがあった。クラブメッドの食事はビュッフェなのでいろいろな種類の食事がたくさんある。サラダーコーナーだけを見ても迷うくらいの種類の野菜やドレッシングが置いてある。ふと、彼女が食べているサラダが載っている皿に目がいった。同じビュッフェのサラダのはずなのに、凄く美味しそうに盛り付けしてある。「美味しそうね」と私が言うと、彼女はにっこり笑って言った。

「うちの彼の唯一の特技なの、やっぱりヨーロッパの人はこういうの上手よね。綺麗に盛り付けてドレッシングをかけてから、ナイフとフォークでサラダを切って混ぜ合わせてくれるの。同じ事をしても私がやるのと彼がやるのでは味が違うのよ。彼が作ると凄く美味しいの。これが良くて彼と結婚しているのかも」と言った。幸せの形もいろいろあるんだなあと私は思った。

GOが4シーズンで移動する原則ルールもあり、カビラとサホロの経理マネージャーも変わり、アシスタントも変わる。また一からの関係作りをしないといけない。その度に私はそれぞれの村に出張することになる。


入社して半年過ぎ、ようやく新しい環境に慣れたころ、またプーケットのバカンス村への出張が入った。シンガポール支社の声がけで、アジア地区の経理担当者が一同に集まった。シンガポール支社の最高財務責任者と経理財務部全員、各国の経理財務マネージャー、各バカンス村の経理マネージャーが一同に集合した。日本からはフレデリックと私、カビラとサホロの経理マネージャーが参加した。

シンガポール支社の人達とは、入社してまもなく、研修で私は訪ねていて、皆の顔を知ってはいたものの、その後は月に1回から2回程度電話で話をするくらいだったので、名前と顔が一致しない人がほとんどだった。

ミーティングとミーティングの間のブレイク時間またはお昼休みの時は、やっぱり同じ職場・または同じ国の者同士が集まる。一番人数の多いシンガポールの人達は彼らだけで輪になって話をしているし、フランス人はフランス人同士で話をしている。

私は日本人一人だし、フレデリックはプーケットに着てからはフランス人とばかりつるんでいて、私に対する気配りはゼロだった。

まあ、その方が気楽だしと思い、あまり気にせず私は村の中をプラプラしていた。ときどき、気のよい香港人のジョーが私に話しかけてくれたが、過去に勤めた会社でも、アメリカだろうがアイルランドだろうが出張というとだいたい一人だった私は慣れっこなので、気にせずにマイペースで過ごしていた。

用意されている部屋は、なぜかフレデリックと隣だったが、彼の部屋はデラックスで私はスーペリアだった。私が「いいなあ」と英語で言うと彼は「早くえらくなってください」と流暢な日本語で返してきた。なんか、感じ悪い。

ミーティングは3日間に及んだ。しかし、西洋人は椅子に座っていられない。アジア人は与えられた椅子におとなしく座り、人の話も最後まできちんと聞くのに対して、西洋人はまず一箇所にじっとしていることができない。途中で立ち上がって外を見たり、そのまま立ったままでミーティングに参加する。もちろん、人の話を遮り、話が話題に沿っていなくても持論を展開する。話が脱線につぐ脱線で、一つのセッションが時間通りに終わらない。

それでも、明日には帰国できると思ったら私もホッとした。それぞれがビュッフェで食事をし、部屋に戻ろうとしたら、香港人のジョーに呼び止められた。「エイコは行かないの?」。え? 何の話? なんでも、プーケットの経理マネージャーの案内で、これから皆でバカンス村を出て、町のバーに繰り出そうということになっているそうだ。この手の話はフランス語で話されるので、フランス語のわからない私はいつも損をする。でも考えてみたらフレデリックが私に、この事を教えてくれてもいいものを……。とも思ったが、結局はジョーから聞いたので、まあいいかと思った。

ジョーと何人かのシンガポールスタッフと一緒にバーに行くと、フレデリックは既にそこにいて他のフランス人達と飲んでいた。

私と目が合ったが、特段何の反応もなかった。私達は数時間でそこを後にしたが、フレデリック達フランス人は朝まで騒いでいたそうである。

日本への帰国の途は、当然フレデリックと一緒だった。バンコクの空港で長い待ち時間があり、私達は軽い昼食をとろうということになった。フレデリックは現地通貨バーツを持っていないと言い出し、私がそこのお勘定を払った。帰国したら返すといわれたが結局返ってはこなかった。オフィスに戻り、平常運転に戻ってから私はふと思った。これがもしフィリップだったら、プーケットでのフレデリックの行動と同じだったかしら? と、考えても意味のない事を私はいろいろと考えた。

シンガポール支社の資金管理担当者へ毎週、現預金の動きのレポートをしていた。当時は円高でもあったせいか、毎週・毎週シンガポールへ送金できる余剰円はないかと聞かれ、時にはどうしても○○千万円送れとの催促もされた。今までたくさんの会社で勤務してきたが、こんなに送金を強要されるのは初めてだった。「余った円はすべて送れ」的な勢いなので、毎週の資金繰りの際には相当な神経を使った。

小さな旅行会社様からのご入金が遅れた場合にも資金不足が起きないように考慮した。そして、高額な支払の見込額にも注意を払った。月2回の各航空会社への航空券精算の額も大きく、見込額が大きくずれると余る現金額もブレるからだ。余剰金をシンガポールに送ったつもりが、自分のところに現金不足が発生しては本末転倒だからである。

相変わらず、私は森川以外には社内に友人はいなかったし、その事をあまり気にも留めてはいなかった。いつも役所のような社内ではあったが、ある時、春の旅行シーズンを前に広報担当マネージャーの斉藤の声がけで、社内でちょっとした行事があった。ドレスコード「スプリング」で会議室にて社内飲み会があった。

そこで中村由紀に会った。すらっとした背に長い黒髪を後ろに束ね、大きな黒縁めがねをかけた色黒の20代後半の女性。私の前職がエルメスだったことから、私に聞きたいことがあると言い、明るい笑顔で話しかけてきた。

由紀の素直な性格と、ハキハキした話し方に私は彼女に好感をもった。聞いてみると彼女は組合に入っていないとのことだった。ウエブ製作を担当していて、シーズン毎のプロモーションなどクラブメッドのホームページを製作・更新していた。歳はかなり離れてはいたが、彼女と私の距離は一気に縮まった。明るく、前向きな彼女と話をしていると楽しいのだった。それ以降、私達は頻繁にランチに行き、夜にご飯を食べに行くこともあった。聞くと、ホームページをアップデートする締切日が設けられていて、その日に間に合わせるために徹夜をしたことも何度かあったそうだ。フィリップから「よく、やったぞ」のお褒めの言葉を貰ったのが嬉しかったと彼女は私に語った。そんな頑張る彼女が、私は大好きだった。

ある日、その中村由紀が血相を変えて私の部屋に来た。なんでも自主退社を促されたとの事。私は「一体全体、どうなっちゃっているの！　徹夜で頑張ってフィリップに褒められたんじゃあないの！」と面食らった。

事の顛末を説明する彼女の話はわかりづらかった。混乱していたこともあるが、それにしても要領を得ていなく、こちらが整理して質問しないと、何がどうしてどうなったかがまったくわからなかった。「動揺しているのを差し引いても、もしかしたら由紀ちゃんって頭の中をあまり整理ができない子なのかも」とその時チラッと私は思った。

その後、森川に聞いてみると、森川は「広報マネージャー曰く、あまり仕事ができる子じゃないみたいよ」の一言。「頑張り屋ではあるらしいけど、広報の斉藤さんが彼女を切りたがっているのよ」との事。広報の斉藤さんというのは、40代中頃の女性マネージャーだった。とてもユニークな服装をする人で、誰にも真似できないような不思議なファッションセンスの人だった。私は一度「どちらでお洋服を買っているの？」と聞いた事があった。すると彼女は「アメ横」と答えた。確かに、アメ横ならありそうな洋服だった。結婚しているが子供はいないらしく、自営業のご主人は彼女の身の回りの事をすべてしてくれると言っていた。事実、彼女は洗濯機の使い方もわからないとサラッと言っていた。その斉藤さん自身も、バリバリと仕事ができるというタイプにも見えなかったが、彼女が由紀ちゃんを評価していないことは間違いなかった。

その日から、ランチタイムまたは夜と、私は由紀ちゃんの話を聞きつくした。彼女は会社に未練というよりも、自分が評価されてなく退職勧告がされていることに憤りを感じていたし、納得がいかないでいた。実際の彼女の仕事ぶりを知らない私は、悲しいかなあまり適切なアドバイスができずにひたすら彼女の話の聞き役に徹していた。

しばらくは平行線のままだったので、人事担当である森川が間に入った。森川との面談の後、由紀ちゃんはあっさりと退職を選択した。由紀ちゃんも森川も私に同じ話をした。森川が「自分を評価してくれない上司の元で働くより、自分を評価してくれる上司と仕事をした方がより楽しいでしょ」と言ったそうだ。この言葉は由紀ちゃんの心に刺さったようだ。森川が私に言った「彼女の事、実はあまり知らなかったけど、すっごく真っすぐで素直な子ね」と。そう、由紀ちゃんは素直な子なのだ。そして、1カ月の解雇手当を貰い、由紀ちゃんは退社した。

その後何度か彼女と会ったが、彼女はその後マイクロソフト社に入社した。自宅も東京から逗子に引越し、大好きな海でウインドサーフィンを楽しみ、仕事もがんばっていた。

後に、クラブメッド退社後、私はアメリカの化粧品会社ベアミネラルで働いた。会社がテレビショッピング販売をしている時に、数カ月だけ、会社の人間としてコメントをしている映像が放映されたことがあった。真夜中のCS放送枠だったが、たまたま由紀ちゃんはそのテレビを見ていたらしく、「テレビに杉原さんが出てきて嬉しくなっちゃった。この化粧品買おうと思いましたよ」と明るい声で電話してきてくれたことがあった。

私が入社して半年が過ぎた頃、兵藤が退職の意思を伝えてきた。どうしても松上恐怖症が消えないらしく、別な会社で働く道を選んだのだ。既に数回退社の意思を彼女は会社に伝えていたので、私も兵藤を引き止める理由が見つからなかった。フレデリックは残念がったが、しぶしぶ了承した。兵藤の後任を探し始めた頃に、フレデリックから会社が「早期退職制度」を発表することを聞いた。

外資系企業では珍しく、20年30年クラブメッドで働いている人がゴロゴロいた。社長であるフィリップはそれが会社の発展を妨げていると考えていた。早期退職制度を発表し、古株の社員達を一掃したかったようだ。しかし、フィリップの思惑通りには事は運ばなかった。早期退職制度を発表すると会社の意図していない中間層の女性社員が多数手を挙げ、古株の男性社員達はまったく反応しなかった。彼らは変化をまったく望んでいなかったし、数カ月の早期退職手当では彼らの重い腰を上げる動機にはならなかった。

中間層の手を挙げた女性社員の中に山口博美と松上恵子が入っていた。奇しくも兵藤綾子が退社の意思を示してから、松上が辞めることになったのだ。私は兵藤に「天敵の松上さんが辞めることになったので、もうあなたが会社を去る理由もないんじゃないの」と言うと、兵藤は「でも、もう次の会社に行くと言ってしまいましたし、すみません、やはり退社させて頂きます」と言った。

さぁて困った。全員が辞めてしまう。私は正直あせった。私のあせりに反してフレデリックはいたって冷静だった。「兵藤さんは別にして、あの二人が辞めてもまったく問題はないし、もっと良い人はすぐに見つかるさ」と楽観視していた。しかし、そのフレデリックの考えは見事に外れた。この後、私は地獄の長時間労働に突入した。

「とにかく後任を探さなければ」。私は森川に3人の後任の募集を依頼した。まずは、兵藤の後任であるアシスタントマネージャーを採用することにした。たくさんの履歴書に目を通すもなかなか「この人だ!」と思う人材はいなかった。それでも何人かの方にお会いするも、フレデリックとの第二面接に進む人材はいなかった。

前職場はエルメスという超高級ブランドであり、誰もが憧れるブランドだったことから優秀な人材がこぞって応募してきたが、今回は勝手が違った。

たくさんの履歴書を持ち込むも、簡単にゴーサインを出さない私を見て、森川が面白いものを紹介してくれた。パーソナリティチェックテストだった。設問50問くらいに解答して、その人物の仕事に対する考え方や人格を膨大な蓄積データから分析するというもので、1回3000円程度だった。何人かの候補者にこのテストをしてもらったが、私の印象通りの方もいれば、そうでない方もいた。

森川がまた変な提案をしてきた。「自腹を切るんだったら、栄子自身のパーソナルチェックもできるわよ」と。それも面白いと、占い感覚で私自身のパーソナルチェックを依頼した。

すると最悪の結果が出てきた。結論として「この人は採用しない方が良いでしょう」というものだった。責任感のないいい加減な人間であり、一つの仕事を完結できないタイプだとのこと。えー、私って最悪の社員なんだ。これには森川も大笑いをした。「まあ、あくまでもテストだから」と言いながら、馬鹿笑いを止めない森川に私はイラっときた。

何人かと面接をした後、酒井いずみと面接をした。転職暦が多いのと直近の勤務期間が短くなる傾向なのが気にはなったが印象は悪くなかった。ネクラの兵藤と比べると、底抜けに明るい40代前半の独身女性であったし、目がクリッと大きく綺麗な顔出ちをしていた。さっそく例のパーソナルチェックテストをやってもらった。すると、な、なんとあろうことかテスト結果がまったく私と一緒だった。

すべての項目の数値までコピーのように私と一緒の結果である。業者に問い合わせたところ、こんなことは、まずないらしい。つまり、「この人は採用しない方が良いでしょう」という判定である。

私と森川は顔を見合わせた。このテスト結果を信じて良いものかどうか。酒井いずみを否定すると自分を否定するような気にもなったし、正直言って、私は責任感がない人間だと自分自身は思っていなかった。そして、最後はテスト結果が変であるという結論に達した。というよりそう思う事にした。フレデリックも酒井に対して悪い印象は持たなかったので、酒井いずみをアシスタントマネージャーとして採用した。

しかし、この決断は大間違いであり、後に大変な事態になっていった。

酒井いずみはバカンス村に行ったことがないという事だったので、まずはバカンス村に行って「様子」を見てもらい、あの村を楽しんでもらおうと思い、沖縄のカビラに2泊3日で行ってもらった。戻ってきた彼女に私は「どうだった?」と聞いた。「ああ、まあ」と気のない返事が返ってきたのは意外だった。すると森川から思いもよらないフィードバックがきた。サホロの人事担当者のヒロコ(バカンス村では立場に関係なく、すべてのスタッフはファーストネーム呼びであった)から森川に酒井いずみに対するコメントがきたとのこと。サホロは夏の間は営業日を極端に短くすることから、ヒロコは手伝いに沖縄のカビラに来ていた。

「なんですか! あの酒井って人は」というのがヒロコの第一声だったそうだ。ヒロコの話だと、酒井はカビラ滞在中はバカボンのパパみたいなダサい短パンを履き、ビーチでゴロゴロばかりしていたらしい。時にはビーチで、カビラの経理マネージャーであるセバスチャンとイチャイチャしていたとのヒロコの弁。セバスチャンは20代前半のフランス人独身男性だった。目鼻だちは良いので、若い一部の女性ゲストなどは、「かっこいい」と写真を一緒に撮っていたりもしたが、仕草がヘナヘナしていて頼りない感じなので、相対的にはモテルほうではなかった。

ヒロコは30代後半のバツイチの独身女性で小柄で、ぽっちゃりした、しっかり物の女性だったので、若いGOのお目付け役的な役割も担っていた。若くて可愛い日本人女性GOは、白人GOと付き合ったり別れたりが多い。そういう日本人女性GOに対して辛らつな事を言ったり、人気がある子に対するヤッカミに近い発言を何回も聞いたことがあったので、酒井に対するヤッカミも多少はあるのかと私は思ったが、「ちょっとまずいな」とも思った。今頃、ヒロコがカビラのGOの皆に面白おかしく酒井の話をしているに違いない。

私自身も何回もカビラとサホロに行っているが、そのたびに「壁に耳あり障子に目あり」を感じていた。GO達は同じ村の中で衣食住プラス仕事をしているので、同じ人間関係の中で生活をしていた。故に噂好きであり、新しい話のネタに飢えていたし、東京の本社から来ている「偉い人」を皆が見ているのだった。

私が村にいる時は、基本はいろいろなセクションのマネージャーとミーティングをし、GOに声かけをし、ゲスト様と話をし、傍から見て明らかに「遊んでいる」ような行動はしなかった。

酒井をカビラに送る時に私は、「セバスチャンはもちろんの事、いろいろなセクションのマネージャーとも会って話しを聞いてきてね。でも、せっかくカビラに行くのだからバカンスも楽しんでね」と言ったが、どうやら酒井はのんびり楽しむ事だけを優先したようだった。しかし、戻ってきた時の反応を見ると、それほどカビラの地を楽しんだふうでもなかったので、不思議だった。

私は酒井を呼んで軽く注意をした。「皆があなたを見ているので、行動には気をつけて」と、カビラからの報告をかいつまんで説明をしたが、酒井は理解したようなしていないような顔をした。

酒井いずみは他部署の人達とすぐに親しくなっていた。何回か営業などとも夜飲みに行ったようで、親しげに話している姿を見かけた。人懐っこい明るい人でもあった。

入社して気がついたが、彼女は確かに美人ではあったが、清潔感というか品がないなあと思う事があった。彼女とネイルの話をしたことがあった。「私の行っているサロンなんて3800円ですよ」と彼女が言うので、「そんな安いところがあるの」と私が言うと、「池袋なんですが、キャバ嬢が行く店なので安いんですよ！　彼女達しょっちゅうネイルを変えるから、安い方が良いので」とサラッと言った。不思議な人である。

山口博美と松上恵子の二人が早期退職制度に手を挙げていたが、やはりいっぺんに二人が退社してしまうのは混乱を招くと思った私は、相談の余地がある山口と交渉した。先に松上が退社をし、3カ月後に山口が退社することとなった。次は、松上の後任を探す番だった。またしてもたくさんの履歴書の中から候補者を絞り込んでいった。

私達は井上正子を採用した。井上は直近まで旅行会社ＨＳＬのパリ支店で働いていた。旅行カウンターでの接客が中心だったようだが、それ以前の仕事は経理だった。彼女も目鼻立ちが整った美人だった。服装もパリ帰りなのがうなづけるほど洗練されていた。同じ美人でも酒井とは印象が異なる30代半ばの聡明な感じの、清潔感のある女性だった。

そして、松上恵子の仕事をそのまま、井上正子が引き継ぎ、酒井いずみ・山口博美の３人体制でスタートした。私はというと、フレデリックから引継いだ週毎の売上予測、サホロとカビラの予算管理、クラブメッド本体の予算管理を担当した。いや、担当したはずなのだが、その時によって「僕がやるから今回はいいよ」と言われたり言われなかったり、フレデリックの気が向いた時に予算管理の表の見方を教えてもらったりと、しっかり引き継いだ訳ではなかった。

新しいメンバーになって、初めての月次決算を迎えた。入社以来、井上正子の残業時間が多いのが気になっていたが、慣れない時期だけの事だろうと思っていた。今日はシンガポールへの月次報告締切日という日だったが、いつになっても一向に締まる気配はない。聞くと、「現金」が合っていないとのこと。基本中の基本である銀行残高と帳簿上の銀行残が合っていないのだ。さすがにこれにはビックリした。　私は酒井に状況を聞いた。すると酒井は、あっさりと「原因がわからない」と言った。

原因がわからないではすまされない。とにかく今日、帳簿を締めなくてはならない。しかし、基本中の基本である現金が合っていないということは、他もまだ手をつけられていないということになる。私は頭を抱えた。でも、いつまでも頭を抱えていてもしょうがない。受話器を取り、シンガポール支社のマネージャーに電話をした。スタッフが変わり、慣れていない状況下で月次決算が難航している。一日だけ猶予が欲しいと直談判した。シンガポールは了承した。しかし、あと24時間しかない。私はあせった。

まずは、差がいくら発生しているかを確認した。数千万単位で差が出ている。これは、一つ一つ照合していって潰していくしかない。皆で手分けをして照合作業にあたった。すると、一つ二つと合わない原因がわかってきた。残りは数十万円というところまで詰まってきた。もう、時間は夜の10時を過ぎていた、私は決断した。差になっている数十万を貸借対照表の仮勘定に計上し、無理やり現金を合わせた。今回はとりあえず締めて、月次決算が終わった後、次の月次決算までに内容を解明することとした。翌日終日あれば、なんとか他の数字も纏められると判断し、皆で夜中の12時近くに帰宅することにした。

しかし、これが毎月続いた。酒井と井上は請求書などの書類をファイリングする時間がないと言い、ファイルされていない書類の山がそれぞれの机の脇に並んだ。そして、最後には請求書の束が紛失してしまったと言い出した。その間、山口博美は淡々と自分の仕事をこなし、締切日以外は定時に仕事をあがっていた。

これは「何かがおかしい」私は酒井を呼んだ。酒井は「とにかく仕事量が多い」と言った。そして「井上さんは途中で仕事を投げ出してばかりで、そのせいで作業が遅れる」と訴えた。片方ばかりの意見を聞いてもと思い、私は次に井上を部屋に呼んだ。すると井上は涙ながらに「酒井さんが仕事をやり散らかしていて、お願いしても一向に手伝ってくれない」と双方が相手を非難していた。この時だけでなく、他の件についても酒井と井上の言い分はまったくの真逆であった。「どちらかが嘘をついている」のは赤らかではあったが、この時点では私は判断できなかった。とにかくそれぞれ二人を励ましつつ、どうにかこうにか形だけは帳簿を締めていた。

そんなこんなしていると、あっという間に山口博美が退社する日が近づいてきた。今度は山口の後任者選びだった。またしてもたくさんの履歴書に目を通すが、なかなか良い候補者は現れない。給与がとびきり良いわけでもないのに、英語での読み書きが必須の仕事であったため、クラブメッドの求人に応募してくる人材は何かしら「訳あり」の候補者が多かった。

私達は小川美由紀を採用した。小川はアップルコンピュータのシンガポール支店で、現地採用として直前まで働いていた。この頃、ＩＴの会社ではシェアドサービスなるものが流行っていた。人件費削減のために、日本の経理業務を、人件費の安いアジアの国で現地採用された日本人が行っていた。

小川は子供のように小さくて細い体型ではあったが、ずばずばと物を言う鼻っ柱の強い性格だった。

私には子供のようにしか見えなかったが、白人男性にモテるらしく、いろいろな国の男性とつきあったと自慢をしていた。山口が主に二つのバカンス村を管理する別会社の経理を担当していたことから、小川がホテル運営会社とクラブメッド本体との間の複雑な経費の振り替えを引き継いだ。

フレデリックは「山口博美と松上恵子は内容を理解している訳でなく、長年働いているので機械のように仕事をしていただけだ」と言った。確かに山口と松上はそうだったかもしれない、しかし彼女達が去ってみると彼女達が優秀な機械だったことがわかった。仕事量がやたら多いのを、彼女達は淡々とこなしていたのだった。

山口博美が会社を去ってから、どこの顧客からの売上入金が済んでいて、どこが未収であるかの売掛の消し込み作業が4カ月近く行われていなかった事実も判明した。幸い倒産した顧客はこの期間にはいなかったものの、小さな旅行会社様からの売上はそのリスクもあり、私はヒヤッとした。

自社開発の予約システムは経理処理と連結されているシステムだった。予約システムからデータを取り、その予約がいつ実行され、その支払いがいつ行われたかの処理をしないと予約システムをクローズできなかった。この作業がやっかいだった。酒井いずみと小川美由紀は、この予約システムからデータを取り出すのに難航した。入金処理がされてなく、予約システムがクローズされない案件がたまりにたまっていて、予約係りのリーダーから私は罵倒された。

井上正子の仕事もたまっていく一方で、4カ月がたっても相変わらず残業時間の多さは変わらなかった。

そんな時、マーケティング部でカスタマーデータ分析を担当している増田晶子という女性から酒井いずみに依頼したデータの整合性が取れてなく、どうにかしてほしいとのメールが私のところにきた。この頃になると、酒井の仕事の雑さやいい加減さを私も理解してきていたので、酒井にやり直すように命じた。が、しかし、また増田からデータが送られてこないとの催促がきた。酒井にすぐに対応するようにと指示をしても、「はい、わかりました」とは言うが実際には作業をしない。私は酒井を諦めて、井上にそのデータを作ることを依頼した。しかし、普段やり慣れていない井上がデータを作ったこともあり、一部に誤りがあった。

それを、増田は指摘してきた。私はいい訳じみた言い方をしたつもりはなかったが、多分いい訳をしていたのだと、今振り返れば思う。「酒井さんが忙しかったので、井上さんが代わって作業をしたが、慣れていなかったために不備があり、申し訳ない」という趣旨のメールを出したら、「杉原さんは部下のせいにするんですか！　部下のミスは上司である杉原さんのミスではないですか！」とごもっともな強烈なメールが返ってきた。私はあっちこっちでボコボコにされていた。

その頃から、私の体調に変調がみられた。とにかくお腹が痛い。最初は胃を壊しているのかと思い市販の胃薬を飲むも一向によくならない。お昼休みに病院に行き薬を処方されたが、きりきりとした痛みは一向に収まらない。私があんまり痛みを訴えるので医師は胃カメラを飲む事を勧めた。げっぷげっぷするのをこらえて胃カメラを飲むと、医師は「あ〜、胃の入口に潰瘍ができていたね、でももうこれ治りかかっているよ。相当痛かったでしょ」と軽く言った。だから、痛いっていったじゃないですか、私は。

井上の残業時間は相変わらず多かった、そして酒井への不満をいつも涙ながらに語った。酒井に井上のことを聞くと、「あの子はサボってばかりいる」と相変わらず、真逆な事をお互いが言っていた。ただ、冷静に井上の勤務時間とその成果物を比較すると、時間をかけている割には、仕事として完成しているものが少ない事にも私は気がついた。明らかに、彼女の処理能力と仕事量が見合っていなかったのも事実だった。そして、井上の机の上の書類は益々山積みとなっていき、大きな書類の山だらけとなり、そして請求書が紛失した。

もう井上は限界だった。井上は退社の意思を伝えてきた。私には「次はお花屋さんで働きます」と言っていたが、他の人には「もっと大手の会社でまた経理をする」と言っていたらしい。彼女のプライドのつなぎ方なんだろうと私は思った。

そして、井上に代わるスタッフをまた探すこととなった。またしても、「すごろく」のふりだしに戻ってしまった。一からスタッフを探し、一からトレーニングをすることにまたなった。たくさんの履歴書の山の中から選び、たくさんの候補者を面接した。その中で、田中静香を採用することにした。

田中静香は、ご主人の仕事の関係でロサンゼルスに住み、現地の日系会計事務所に勤務していた。

ご主人が帰国することになり、本人も帰国してきたばっかりだった。淡々としていて、物事に動じないドッシリしたタイプの女性だった。

酒井・小川・田中の新しい体制がスタートした。

小川美由紀はとにかく文句が多かった。仕事量について、会社の体制についてといろいろだった。そして、酒井いづみについて。小川曰く、酒井は「経理の基本である貸方・借方もちゃんと理解していない」という評価だった。これには、私も真正面から反論できない。確かに酒井は基本が怪しい。自社開発の予約システムの入金処理がされてなく、予約システムがクローズされない案件がたまりにたまっていた件も一向に進んでいなかった。古いものから消していくが、また新しい予約情報が追加して入ってきて、イタチゴッコとなり、総量的にはまったく変わらない状態だった。この入金処理を、ブツブツ文句を言いながらも小川が、格闘してくれていた。小川は文句も多く賑やかであったが、頑張りもみせるスタッフで、私は彼女に好印象をもっていた。

田中静香は小川とは真逆で淡々と仕事をこなすタイプだった。未払航空券の経理処理が数カ月放置されていることを見つけ私に報告をしてくれたのは田中だった。よって、通常の業務の他に未払航空券の処理を彼女に依頼すると快諾してくれた。

どうにかこうにか、明るい兆しが見え始めた時に、事件が起こった。

今日中に月次決算を締めなければいけないという、その日。夕方5時は佳境だった。酒井いづみが「耳鼻科に行きたいので、ちょっと外出して戻ってきます」と私に言い残して出て行った。が、1時間経ち2時間が経っても酒井はいっこうに戻ってこなかった。最初に騒いだのは小川だった。「杉原さん、酒井さんのバッグないですよ！　逃げたんですよ！」と小川は私に血相を変えて吠えた。私が、慌てて自室から出て、酒井の机まで行くと、確かに彼女の鞄がなかった。私は「やられた」と思った。一気に周りから落胆の空気が流れた。

次の日、私は酒井を自室へ呼んだ。昨日の言い訳をじっくり聞くつもりだった。ところが、酒井は顔色も変えずいつもの調子で「戻ろうと思いましたが、思ったよりも時間がかかり、そのまま帰りました」と答えた。私は「あなたの部下達が残業をして残っているのよ、そのまま帰りましたはないでしょ」と言うと、「すいません」と答えた。暖簾に腕押しの感触、でも負けてはいられない。「あなたが戻ってこないとわかったときの二人の気持ち考えてみて？　士気が落ちるに決まっているでしょ。管理職としてあり得ない行為なのよ」と立て続けに私が言っても、酒井は「すいません」と今度はふて腐れ気味に言った。

そして、次の月もまた、締めきりの日の夕方、酒井は病院に行くと言い残し戻ってこなかった。今度は、誰も騒がなかった。

私は、酒井は辞めるつもりなのだと思っていたので、本人から退社を言い出すのを待っていた。そんな矢先、事件が起こった。資金繰りを間違えてシンガポールへ送金しすぎたせいで、手持ち現金が足りなくなると酒井が言ってきた。忙しさにかまけて、「いい加減」スタンプが既にいくつも押された酒井に任せてダブルチェックをしなかった私のミスだ。私は慌ててシンガポールへ電話をすると担当者は、そっけなく「too late」と言い放った。こちらではどうにもならないから、直接パリに電話をしてくれと言われ、私は夕方を待った。

夕方になり、パリの担当者に平謝りに謝った。「これで為替損が出る」と散々嫌味を言われたが、パリから日本円を送金してもらう約束を取り付けた。

しかしトラブルはこれだけではなかった。

その年の年末12月30日、正月準備で自宅にいた私のところに、会社の旅券発券係の担当者から電話がかかってきた。日本航空さんから担当者へ連絡がきて、昨日時点で日本航空へ支払うべき2千万円近い額の振込が確認できないとのことだった。私は目の前がまっ暗になった。銀行は昨日で仕事納め。先方が確認できないというのだから、振込がされていないのは間違いなかった。この時までは、スタッフがファームバンキングで振込データを作り、アシスタントマネージャーである酒井が承認をして振込をしていた。

通常の月であれば、翌日にすぐに振込手続きをすることができるが、運が悪いことに、今は年末。最短でも銀行が営業を再開する1月4日までは振込ができない。その旨を担当者に伝え、いったん電話を切ると、また担当者から電話がかかってきた、「経理責任者から電話が欲しいと先方が言っている」。それは、そうだ。私が先方でも、同じことを言ったであろう。私は教えてもらった電話番号に電話をした。とにかく平謝りに謝った。そう、謝るしかない。この時に知ったのだが、航空会社への旅券代金の支払いが遅れると、航空券の発券業務もできなくなる。ということは、旅行会社であるクラブメッドが航空券を発券できなくなるという、いたって致命的な傷を負うことになる。謝りに謝って1月4日朝一番に振込をすることで了承していただいたが、遅れた分の利息を請求されることとなった。泣きっ面に蜂である。

年明け、日本航空さんへの振込手続きを終えた私は、そのままフレデリックの個室へ入った。今まで、フレデリックには酒井の「仕事ぶり」について報告をしていなかった。部下の監督不行き届きと思われたくないという、またしても私の「いい子ぶりっこ」が前面に出ていたからだ。フレデリックに今回の件、さらに月次決算の締日に姿をくらます事などをかいつまんで報告した。そして、私の結論、酒井を解雇するための手続きをしてほしいと伝えた。社長であるフィリップの承認を得て、人事の森川から私に手続きについての話があった。

「Warning Letter」つまり警告状を会社は酒井に出した。今までの彼女のパフォーマンスの悪さ、会社に与えた損害を列挙し、改善が見られない場合には、解雇もありうる事、そして今、自主的に退社をすれば、1カ月分の報酬を貰って「解雇」ではなく希望退社となる事などが書かれていた。

Warning letter の準備とそれを酒井に説明をする役目は森川が担った。

あっさりと、酒井は希望退社を選んだ。

フレデリックと話し合った結果、酒井の代わりのアシスタントマネージャーを採用せずに、スタッフを探すことにした。毎月の決算も、「やっとこ」の現状で、毎月やり残している仕事が山積になっている現状を鑑みると、作業する手を増やすことの方が良いと考えた訳である。

またまた採用活動が始まった。


そんな時、社長のフィリップが全社向けの「ご褒美」をアナウンスした。インドネシアのバリ島にあるクラブメッドが近頃リニューアルオープンした。フランスの有名なデザイナーが手掛け、モダンなホテルに生まれ変わり、顧客の評判も大変良い。そのバリ島へ社員全員を招待するとの大盤振る舞いを発表したのだ。ただ、全員がいっぺんにオフィスを空けることもできず、数回に分けて行くこととなった。そして、私は森川と一緒に最終回に行こうと話をしていた。小川と田中にも、出発の希望日を聞いていたが、二人は一向に乗ってこないし、あまり興味がなさそうだった。せっかくのフィリップの好意なので、皆でありがたく楽しめばよいと思うのだが、我が部下達は、この忙しい時に5日も会社を空けるなんてという感じだった。

オフィスにいると、特に経理は毎日数字とパソコンとの睨めっこで、ついつい現場と遠くなる。自分達の給料が出ている源であるバカンス村を見て、お客さんの反応を感じることは二人にとっても良いことであるし、入社以来、残業が多く頑張っている二人にちょっとした休憩をしてほしいという気持ちも私にはあった。そういう私の気持ちを二人に伝えたが、二人は微妙な顔をした。

しょうがなくフレデリックに二人の様子を伝えると、「5日くらい会社を空けたってどうってことないだろう。行かないなんて言ったらフィリップが臍をまげるから、二人とも参加させるように」と指示を受けた。それはそうだ、フィリップは皆に良かれと思ってしてくれていることだ。

ホテル代はタダに近いが、航空券代は安いにしても会社が負担してくれている。事実、他の部署の皆は次々にバリ島に行き、楽しんできたようだ。

私自身も、入社してから半年はまともな時間に帰れたが、半年過ぎた頃から終電がなくなるギリギリの時間まで仕事をし、土日も出勤することが多かった。私も休息を欲していた。

しぶしぶという感じで、小川と田中はバリ島行の最終グループに名前が入った。最終グループには私と森川も入っていた。バカンス村に着いたら基本は自由行動だったが、一つだけ皆で行うアクティビティがあった。ラフティングという川下りで、急こう配な川をゴムボートで下っていくスリル満点のアトラクションだ。それぞれのボートに乗っているインストラクターも手慣れたもので、あえて、私たちが飛び跳ねてしまうような岩場にボートをぶっつけて、私達を「キャー、キャー」言わせた。小川と田中も同じボートに乗ったが、二人とも楽しそうにしていて、私は内心ほっとした。

小川は会社では着てないドレスふうの洋服をバカンス村では着ていて、頭にはバンダナを結び、小柄なのも手伝って可愛い感じだった。「あんなに乗り気ではなかったのに、ちゃんと旅支度はそれなりにしているんだ」と私は思ったが、とにかく楽しんでくれているようで良かった。

私の悪い癖でお酒がはいると、説教がましいところがある。バリ島に滞在中、小川と田中と一緒のテーブルで食事をすることがあまりなかったが、一度だけ同じテーブルについたことがあった。それもディナーである。ディナーとなれば、酒飲みの私は当然の事のように、ビール・ワインを飲んでいる。やめとけばよいのに、「あまり乗り気ではなかったけど、来てよかったでしょう？」とか「数字ばっかりみてるから、たまには、こうやってお客さんの様子を見るのは、良い勉強になるでしょう？」とか言った。私からすれば、普通の会話も、相手によっては説教がましいく思われる。

バリ島から戻り、また平常運転にもどった。相変わらず、経理全体の仕事は遅れ遅れのままである。酒井の代わりのスタッフ候補の履歴書がいくつかまわってきた。またしても、大量の履歴書に目を通すこととなる。

何人かと面接をしたのち、真下健二という20代後半の男性を採用することにした。経理を仕事として選ぶくらいなので、ハツラツとした印象はなく、どちらかというと「女兄弟の中で育った末っ子長男」という印象を私は持った。実際、真下は言葉数が少なく、私が一つ質問をしたら一つをやっと返す感じで、雄弁に話す人ではなかった。草野球チームに入っていて週末に汗をかくのを楽しみにしていることを、ようやく聞き出せた。地味だが、コツコツ仕事をするタイプだった。

実は真下を採用する前に、大越伍郎という候補者がいて、彼を採用する方向で動いていた。大越はアメリカの大学を出ていて、転職歴も少なく、話し方もテキパキとしていて、聡明な印象の20代後半の男性だった。私も森下も彼の採用に大変乗り気だった。私には彼が「掃き溜めに鶴」に見え、希望の星のように映った。エージェントからの大越のクラブメッドへのフィードバックも良く、大越を採用することで決まりだと私は思っていた。

ところが、エージェントから大越が断ってきた事を聞き、私はびっくりした。森川にその理由を聞いてもらったが、いまひとつ理由がはっきりしなかった。納得がいかなかったものの、縁がなかったと諦めた。

しかしその大越が、その後、私が後に勤めるアメリカの化粧品会社ベアミネラルでスタッフを募集した際に、エージェントを通じて応募してきた。私は、延べ１０００人近くの候補者の履歴書を見てきているので、よっぽど記憶に残る履歴書でないと記憶に留めておくことができない。

なぜ、それが大越だとわかったかというと、彼はLinkdinというビジネス版facebookに登録されている私のプロフィールを見てから応募してきて、クラブメッドでの経緯をエージェントに話をしたらしい。エージェントも「過去にこういうことがあったが、杉原さんと仕事がしたいと言っている」と持ちかけてきた。そこで、私は彼の事を思い出した訳である。向こうが一緒に働きたいというのであれば、それならば会わない理由はないと思い、大越に会うことにした。大越に会って私はビックリした。印象がまったく変わっていたからである。あのキラッと光る彼ではなく、本当に同一人物なのかさえ疑う程、彼の印象は変わっていた。

当時の私達が過大評価していたのか、彼に何か大きな事が起きて変わってしまったのかはわからなかったが、かつての精彩は影を潜めていた。

履歴書を見るとクラブメッドで見たときの履歴書よりも、数回、転職歴が増えていた。転職に失敗して、人が変わってしまったのか？　それは、私にはわからないが、今の彼を私は戦力として欲しいとは思わなかった。

私の仕事自体は相変わらずやることが一杯だった。カビラとサホロの予算管理やフレデリックがときどき気まぐれに私に振ってくる仕事。月次決算・年次決算と満載状態だった。そんなある日、今日が翌月以降の売上見込をシンガポールに提出するという日だった。先月からこの業務はフレデリックから私に引き継がれていた。夜の9時過ぎ、フレデリックは既に退社していて、さっきからメールでシンガポールの担当者から「まだか、まだか」の催促がきていたのであわてて私はシステムに数字をいったん入れた。が、その後30分後に再度数字を見直したら、入力ミスをしていることに気が付き、数字を入れなおした。

そして、他の仕事にとりかかっていると私の電話が鳴った。電話を取ると、シンガポール支社の実質NO．2のフランス人女性ノーランだった。彼女はフレデリックとも親しかった。電話に出るなりノーランの金切声が私の耳を切り裂いた。「どうしてくれるの！」それが彼女の第一声だった。あの綺麗な顔からは想像もつかないヒステリックな声とその剣幕に、私は座っている椅子にのけぞった。言葉を挟む余地がないほどの、一方的な罵声・罵声・罵声の嵐だった。たぶん実質10分くらいだったろうが、私には1時間に感じられたが、怒鳴るだけ怒鳴ったので、ノーランも若干の落ち着きを取り戻した。先ほどよりは、平常モードに戻りつつあったノーランは、30分前に私が入れたデータも含めたアジア全体の集計をしたのに、私が日本の数字を変えたことにより、アジア全体の集計が変わり、再度集計をし直さなければならなくなった事へのお怒りだった。「私の時間を返せ！」的な事も言っていたようにも思う。そして、どの箇所を変更したのかを私に聞いてきた。

つまり、このシステムは確定した数字のみを入れるもので、後で入れなおしをしてはいけなかったのだ。「そんな事、聞いてないよ！」、私はどっかのお笑いタレントの突っ込みを言いたかった。「フレデリックから聞いていなかったのか」とか「次回からは気を付けて」といろいろノーランは言ったが、後半は聞こえているのかいないのか、わからない状態で電話を切った。もう仕事を続ける意欲を失った私は、帰ることにした。

会社から駅までトボトボ歩く間に、だんだんフレデリックへの怒りが込み上げてきた。「こんな大事なことを教えてくれなかったフレデリックが悪いんじゃないの！」そして、収まりがつかなくなった私はフレデリックの携帯へ電話をした。私がノーランに散々怒鳴られた事を伝えると、フレデリックは笑って言った。「彼女の虫の居所が悪くて、君はついていなかっただけだよ。お気の毒に」。

小川・田中・真下の３人体制になったが、相変わらず状況は好転していなかった。３人は都内に住んでいたが、私は神奈川であることもあり、終電の時間前に私が会社を出ようとするとき、３人特に、田中は一人で残業していることが多かった。「私はもう帰るよ。田中さんも帰ろうよ」というと、「私は近いのでもう少し、片づけていきます」というので、「じゃあ、お先に」と帰ることが多々あった。

するとと月末、タイムシートを承認する時にビックリすることが判明した。田中は朝の５時まで仕事をし、いったん帰宅してから、また10時に出社している日が何日かあったのだ。私は彼女に「田中さん、やる事が満載の今の状況下で、頑張ってくれるのはありがたいけど、この働き方は尋常じゃないので、どんなに遅くても終電前には帰りましょうね」と伝えた。すると田中は予想外のことを言った。「私は大丈夫です、早く勘定があっていない航空券代金を合わせた方が良いですよね」と多少ふて腐れた様子だった。私は「もちろんそうなんだけど、田中さんのご主人、ビックリしていない？　こんな遅くまで働かせる会社辞めろとか言われない」と家庭もちである彼女の家庭のことを言った。すると田中は「それは大丈夫です」とキッパリと言った。私は「とにかく、朝の５時まで仕事をするのは普通ではないし、そのことで田中さんが体調を崩すことがあってはならないから、もうこんな時間まで仕事をしないでね」と言いその場は終わらせた。

しかし、この問答はこの時だけではなかった。その後も、特に月次決算の時には田中は、「徹夜もどき」を繰り返した。確かにたまっている仕事を頑張ってくれるのはありがたいし、助かる、しかし物には限度がある。私は森川に相談してみた。「なんか、こんなに私はがんばってます的なアピールを感じるのよね」と森川は言った。「わざわざ夜中の3時に私にメールをしてきているのよ、彼女」。え？それは初耳だった。とにかく、どんなに遅くても終電前には会社を出るように再度、私から伝え、さらに人事からも伝えることとした。

そんな折、人事評価の時期がきた。フレデリックの私に対する評価は厳しかった。5つある評価項目のうちの1つが「期待にみあった」で他の4つが「期待にみあわなかった」だった。私は自分の評価が不服でフレデリックに抗議をしたが、話がかみ合わず平行線のままだった。

フレデリックの提案で会社の外で話すことになった。会社の近くのカフェに場所を変えたが、話がかみ合わないのは同じだった。フレデリックがときどき、私に振ってくるレポートもすべての全容を順序立てて説明してくれる訳ではなく、自分が手伝ってほしい時に、手伝って欲しい箇所だけを簡単に説明するだけだった。だから、全体の流れが私はわからず、やりづらかった。その事を伝えると、「杉原さんは頭がいいから、細かい説明はいらないと思っていた」と彼は言った。そして、業務を私が引き継ぐのであれば、断片だけでなく、仕事の塊を引き継がせて欲しいと伝えたが、ふにゃふにゃ言って、良くわからない事をフレデリックは言った。

元来、感情の起伏が激しい私は、「栄子ちゃんは人の倍嬉しく、人の倍悲しい人だからね」と親友ひとみちゃんに言われる。フレデリックと出口の見えない話をしているうちに、私の感情はさらにヒートアップしてきた。話がかみ合わず、平行線のままであるのに、私はフレデリックに感情論で訴えた。自分がどんなに身を粉にして働いているか、どうしてそれをわかってくれないのかと訴えた。訴えているうちに、感情の激しい私は、涙の訴えになってしまった。涙ながらに訴える私に、白けたフレデリック。最悪の光景だった。結局、私の評価は変わるはずもなく、3時間というまったく無駄な時間を費やし、お互いに嫌な思いをしただけだった。

やることなすこと上手くいかず、上司にも評価されていない。私は厳しい現実に直面していた。ここをどう突破していくか。私は過去の成功例を思い出した。エルメスジャポンでも、そしてその前に勤務していたシマンテックでも、部下達との葛藤はいろいろとあった。

でも、そんな時、自分が先頭に立って自ら汗を流し一緒にがんばることで、どうにか乗り越えてきたことを思い出した。そうだ、初心に戻ればよいのだ。私は3人とじっくり話をしてみようと思った。

そんな矢先、もう寝ようと思ってベッドに入ったある夜、携帯にショートメールが入った。見ると静代さんだった。静代さんは、私がシマンテックで働いていたときの同僚で、巫女さんのような神秘的な匂いのする女性だった。彼女は趣味が高じて「占星術」を勉強し、有名な占い師に弟子入りしていた。その彼女から突然のメール……。なんだろうとドキドキしながら読んでみると、思いもよらない重い予言だった。

「これから1週間、あなたには今まで経験したことのない逆風が吹きます。今までのように、正面から立ち向かってはダメです。死んだふりをして逆風が止まるのを待ってください」

なんじゃ、これは！！！　死んだふりって何をすればいいの。単細胞の私に死んだふりなんてできるのか？　そもそも、死んだふりってどうすれば良いのだろう？　たくさんの？マークが私の頭の中に集中発生して、その晩は眠れなかった。

そんな重い静代さんの予言を胸に、次の朝は重い気持ちのまま出社した。

昨日のアドバイスの要点は、つまり自分から動かないで受け身でいろということ。おとなしくしていれば良いのだ。

私が自室で仕事をしていると、小川が「お話があります」と言ってきた。会議室を取ってあるとのことで、会議室に行くと、田中と真下もそこに座っていた。何か嫌な予感がする。小川が口火を切った。「杉原さんは私達の仕事を全然理解していないですよね」と言い出した。それを皮切りに田中も「私達の仕事量は私達の人数に合っていません。毎日、毎日残業をしても一向に処理すべき仕事は減っていないです。これっておかしいですよね」と言った。真下は困った顔をして下を向いていて何も発言しないが、二人の女性は堰を切ったように、私を責めだした。

はっきり言って何を言われたかは、もうわからなくなり、遠くで二人の私を責める声が聞こえていた。頭を横からガンガン、ハンマーで殴られ続けている気分だった。「こんなに自分たちが大変なのは、杉原のマネージメントが悪いからだ」というのが、彼女たちのいや、3人の主張だった。私は自分の部下に突き上げられているのだ。10年以上マネージャーをやっているが、こんな経験は初めてだった。私はズタズタだった。

エルメスで上司だったエレーンが、私の部下が私を中傷したときに、「くだらない」と一喝した様に、この状態をフレデリックに打破してほしいという気持ちが働き、フレデリックの元に私は行った。事のいきさつを私がフレデリックに伝えると、彼はさらっと言った。

「君のマネージメントが悪いから、彼女たちが不満に思っているんだよ」これが、フレデリックの私への評価の中身だったのだ。

その時の私は、もう歯止めがきかなかった。フレデリックの部屋は個室ではあったが、ドアがあるパーテッションは、天井から20センチくらいは空いていて、大きな声で話すと話が外に漏れる。冷静に考える思考が停止してしまった私は泣き叫びながら、フレデリックを罵倒した。そして、その声はオフィス中に響きわたっていた。もう万事休すだった。

次の日、私はフレデリックに呼ばれ、Warning Letterを手渡された。内容は酒井に出したものと、ほぼ同じだった。ミイラ取りがミイラになった。私は死んだふりができなかったのだ。私の完敗である。その日のうちに私物をまとめ、簡単な引き継ぎを小川と田中にして、私はひっそりと会社を出た。森川はとうとう顔を出さなかった。惨めな引き際だった。

そんな嵐のような日々の後、私は意地で家族とモルジブのリゾートに来ていた。1カ月の解雇手当では賄えない程旅費はかかったが、そんな事はどうでも良かった。家族と何もかも忘れて、楽園を楽しみたかった。なのに、生理がこない……。でも、それは妊娠していたからではない。クラブメッドでの怒涛の日々。特に最後の部下達に突き上げられたショックを体はまだ引きずっていたのだ。

長年、外資で働いていると「空気」を読むのがうまくなる。というよりは、「空気」を読まないと外資では生きてはいけない。私はクラブメッドでの仕事がそろそろ終焉にかかっていることを、うっすら感じていた。そしてその頃、ヘッドハンターから仕事の紹介が幾つかきていた。その中でも米系化粧品会社ベアミネラルの仕事は、組織の立ち上げの話であり、とても魅力を感じた。実はクラブメッドに解雇される前に、既にベアミネラルに就職が決まっていた。部下のいない一人マネージャーというポジションだった。それがかえって私には好都合だと思って、この話を受けた。今まで税理士事務所に外注していた経理業務を自社で行うことになり、私が採用された。何にもないところから、一から作り上げる仕事だった。

そんな諸事情もあり、「就職しました、妊娠してます」とは新会社に言えないと私は思い、モルジブに滞在している間中、憂鬱にしていた訳だった。

単細胞な私は、生理がこない＝妊娠と思った訳だが、親友のひとみちゃんが言うように、冷静に考えれば、あの怒涛の日々のストレスを体は抱えていたのだった。

はるちゃんは、「今まで、すっごくがんばって、心も体もボロボロなんだから、しばらくは仕事をしないで家にいたら？　少しの間なら俺一人でも大丈夫だよ」と優しい言葉をかけてくれたが、私の思いは逆だった。「仕事で受けたダメージは、仕事でしかリカバリーできない」と私は考えていた。

辞めた後も、ときどき夢をみた。小川と田中に吊し上げられる夢だった。このまま仕事をしばらく休んでいたら、フラッシュバックのように、小川と田中の亡霊に苦しめられるに違いない。私は早く仕事がしたかった。しかし、私の中に小さなトラウマがあり、しばらくは部下を持ちたくないというのも正直な気持ちだった。なので、今回の話は、私にとって願ったり叶ったりの話だったのだ。

その後、ベアミネラルも成長し、私は3人の部下をまた持つこととなった。ペチャンコになって、粉々に砕けた自信を、少しずつ、少しずつ、「私は大丈夫、まだできる」「まだできる」「できるんだ」を繰り返し、ゆっくり、ゆっくり回復していった。今考えると会社はリハビリ中の人間を使ってくれていたことになり、ありがたい限りである。

２０１５年、私は6年勤めたベアミネラル社を退社し、藤沢市議会議員選挙に初出馬し、落選する。当選するつもりでいた私は露頭に迷った。そんな時、ベアミネラルの社長から「戻ってこないか」というお声掛けをいただき、９カ月後にまた、何もなかった顔で復職した。お陰様で次の選挙を目指して政治活動を続けつつ収入を確保することができた。人のご縁は不思議である、捨てる神があれば、拾う神もある。

そして、あらためてクラブメッドでの最後の日々を思い出した。

クラブメッド以前までは、自分は人のマネージメントが得意であると過信していた。実際、いろいろあったけれど、最後は上手くまとめていた過去の成功体験ばかりを意識していた。

しかし、人のマネージメントこそ、１００のパターンがあり、１００のケースがあるのだ。

過去の成功体験をコピーしようとしたのが間違いだった。上手くいかない時には、悲しいかな、人は上手くいっていた時のパターンを持ってこようとする。そして、静代さんの占いではないが、時として、人間の力ではどうにも逆らえない運命のウネリもあることを知った。

2019年選挙編

「今回は2度目だし、4年間しっかりと活動して顔も名前も売れてさているから大丈夫だよ」といろいろな方からはげましのお声掛けをいただきました。2015年の藤沢市議選で落選し、2019年の市議選で再挑戦する際に皆さんに掛けていただきましたお声です。「でも、事実は杉原栄子を知らない方が9割なんです」と言いたいところを、ぐっとこらえて笑顔で返す私でした。ネガティブで弱気な言葉は使ってはいけない。言霊から前向きにするんだと心に誓ってはみたものの、実は内心は不安で一杯でした。

選挙で当選するための勝利の絶対方程式的なものはなく、一つ一つの積み重ねであり、お一人お一人のお声をきちんと聴くことができたか、将来の杉原えいこにご期待いただけるものを私自身が持っているか、の問いとの戦いであり、自分自身の弱さとの戦いでした。2度目の選挙において、当選させていただいた今だから言えますが、正直、日々一喜一憂しておりました。最後は、自分との闘いというよりも、最初の選

2019年市議選での街頭演説

挙で「杉原えいこ」に投票していただいた１６６８人の方々の杉原えいこへの「期待」にお応えしないといけないんだという思いです。そう思うことで落選してからの4年間の活動に徹することができました。

２度目の選挙戦もいろいろな事がありました。その中で一番の忘れられない出来事は野田聖子衆議院議員が私の応援に初めて藤沢の地を踏まれたことです。

無名の新人のところへ、大臣経験者であり著名な野田先生が応援に来てくださるのは、異例中の異例であり、天地がひっくり返る事態でした。何人かの方に「いくらお金を積んだの?」「どんな裏の手を使った?」と聞かれましたが、野田先生の名誉のためにも力を込めてお伝えしたいです。お金も使っていませんし、裏の手も使っていません。野田聖子さんは私のお願いに真正面から応えてくださったのです。

私と野田聖子衆議院議員の出会いは私が最初の選挙で落選した直後、２０１５年に遡ります。自民党本部でセミナーがあり、講師の野田聖子さんが、いち受講者であった私に言葉をかけてくださいました。私が選挙で落選した話しをお伝えすると、「女性は一度ダメだとすぐに諦めてしまう人が多いのよね。あなたがまた再挑戦するのなら、私が応援に行くわよ」と仰ってくださいました。その後、何回かお会いする機会があり、ご自身が自民党に身を置いてらっしゃる理由をお聞きし、私の考えと共通する事に大きな驚きと希望を持ちました。「議員としてしっかりと仕事をしたいから、法律を通す力がある自民党だから、自民党が与党である限り自民党に身を置く。しかし、迎合せずに自分らしくいく」

なんて潔よく、かっこいい方なんだろう。私の目指す政治家の姿が野田先生でした。

なぜなら、私が自民党の一員として藤沢市議になることにこだわる理由と一致するのです。

私は、絵空事は嫌いです。せっかく議員になっても実現可能でないことを市民の皆様にお約束はしたくありません。私は自民党の力を利用して、市民の皆さんの力になりたい。もっと言ってしまえば、弱者に心を寄せ、困っている方の話をじっくり聞いてくれる方がいても、何も変わらないのでは意味がないのです。力のある自民党の議員として、弱者の方、困っている方がより良い生活ができるように戦いたいのです。

野田聖子衆議院議員が私の応援に辻堂駅に降りてくださったのは、忘れもしない選挙戦4日目の2019年4月17日でした。先生をお迎えするに当たり、当日の準備にスタッフ一同、事務所がひっくり返る程のドタバタでした。新人の選挙事務所であり、それでなくても慣れていなく、人手不足のところに、先生に失礼のないように段取りをすることで、良い意味での緊張感が生まれスタッフ全員の団結力が高まりました。それでもどうしても警備要員が足りないのは否めず、地元の名士の方に私が泣きつき、人を出していただき、どうにか警備体制は整えることができました。

当日、先生が乗っていらっしゃるお車をどこに停めるか？　選挙カーの動きは？　ひとつ一つ当日の想定できる動きとその人員配置を何度も何度もスタッフ全員と確認しました。本来でしたら、大きな「弁士　衆議院議員野田聖子氏」という大弾幕をご用意するべきところなのは分かっていましたが、その余力が我が陣営にはなく、マイクが用意されただけの手づくり会場となりました。

そんなドタバタの中、当日を迎えました。有難い事に私の予想を上まわるたくさんの方が辻堂駅北口のデッキにお集まりくださいました。「せっかく野田先生が来てくださるのに、ガラガラだったら、どうしよう」そう考えると前日は眠れませんでしたが、私の心の不安を吹き飛ばすように、たくさんの人が足を運んでくださり、私の一つ目の不安は解消されました。

次の私の不安は、本当に野田先生がお越しいただけるかという不安でした。私が知る多くの政治家

野田聖子衆議院議員と（辻堂駅）

の方はドタキャンを平気でされます。ましてや、私のような無名の新人の約束など反故にすることなど気にも留めない方が多いのが事実です。

野田先生は来てくださる。必ず来てくださる。そう信じていましたが、こんなにも大勢の方が集まってくださっていて、緊急事態が発生してもし先生が来られなくなったらどうしようと、顔にはまったく出ていなかったようですが、内心は信じる気持ちと不安とで押しつぶされそうでした。

そんな中、湘南テラスモール側の階段を上がっていらっしゃる野田先生の鮮やかなブルーのスーツ姿が見えた瞬間、私の心も晴れあがり、感動で泣き出しそうになりました。実際、目はうるうる状態でした。

「本当に来て下さった！！　本当に来て下さった！」自分が来てほしいとお願いをしておきながら、なんだと野田先生はお思いになるかと思いますが、これが私の正直な気持ちでした。

野田先生の登場に歓声があがり、一気にデッキは興奮に包まれました。

野田先生は、今回応援に来てくださった経緯、女性議員の必要性、ご自身のお子さんの事、私へのエールを30分に渡り語ってくださり、その場にいた皆さんのハートを鷲掴みされました。「潔くて、かっこいい」「聡明でありながら気さく」。皆さんが野田聖子さんというお人柄に、一瞬で魅了されていました。

語り口調がシャープでありながら、その奥に人への優しさに溢れ、私の事も「前回情けない結果で落選したが、次回も頑張るのだったら、応援に行く約束をしたこと」、そして、その約束を果たしに来てくださったことを、大勢の聴衆の一人一人に語りかけるように話してくださいました。そして有難いことに、その場にいらした一人ひとりと握手をし、写真撮影にも応じてくださいました。

私もこんなに人を引き付ける魅力を身に着けたい！　そして、野田先生のような芯のある政治家になりたい。先生は私の目標です。

野田先生の大きなご支援のお蔭で、２０１９年４月21日の投開票日では、２２７８人の方が杉原えいこに投票してくださり、36人中34番目という結果で当選させていただくことができました。地盤がない新人であり、事前の予想では当確ギリギリであったことを考えると、先生の応援のお力が大きかったと思っています。

１９９５年最初の選挙の投開票日、息子は高校一年生でした。落選が確実となり、私が敗戦の弁を

息子と一緒に選挙活動

言わないと、集まってくださった皆さんは帰るに帰れない状況でした。私が頭を下げると、息子が「他の誰よりも駅に立ち、がんばっていたのはママなのに、がんばっていない人が当選するなんて、俺は納得できない」泣きそう顔で声を上げました。「あなたが見ているところでママは頑張っていたけど、当選した人は、あなたが見ていないところで、ママよりもがんばっていたのよ」と私が言っても「俺は納得できない！」と叫びながら出て行ってしまいました。

それから4年、息子も大学2年生になりました。２０１９年2月　杉原えいこ後援会の発足会の日、お集まりいただいた皆さんの前で、はるちゃんと息子はスピーチをしてくれました。人前で話すのが苦手なはるちゃんは用意したメモを読むも、カミカミで、それがご参加いただいた皆さんには好感を持っていただきました。息子は、「4年前の選挙の時は、自分は高校生で、母のために何もできなかった。今は大学生になったので母のためにがんばりたい」と息子なりの精一杯のエールを贈ってくれました。

その言葉通り、選挙が始まってからは、朝6時からはるちゃんと一緒に駅に立ってくれ、そして、往復10キロの道のりを私と一緒に自転車に乗り込み、選挙活動をしてくれました。アルバイト先の後輩から「お母さんみたいに、手を振らないとだめですよ」とＬＩＮＥがきたと、照れ臭そうに私に言いましたが、もう自転車に乗って一緒に活動するのは嫌だとは言わず最後まで戦ってくれました。

4年前の選挙では、おはずかしい事に事務所のスタッフに藤沢市民はいませんでした。青山学院の時の友人に頼み込んで事務所に入ってもらい、自民党政治大学の同期の仲間の力を借りて、どうにか選挙活動をすることができました。

それが、２０１９年の選挙では、事務所に入ってくださったスタッフはオール藤沢市民でした。本来は地元の皆さんのお力をお借りして、お杉を応援してくださる、その方のご信用をお借りして、「●●さんが応援しているのなら、杉原に入れてやろう」となる、基本中の基本を最初の選挙ではできてなかったことを痛感しました。最初の選挙で落選したことが、私にとっては良かったのです。最初の選挙でまかり間違って当選していたら、私は大きな勘違いオバリンになっていたと思います。神様は正しい道をいつも知ってらっしゃるのです。

当選後家族と

最後に

書きたいことはたくさんあり、いろいろなエピソードが他にもありますが、まだホットすぎる内容もあるため、次回、続編を出す時に綴らせていただきます（また出すのかと思わないでくださいネ）。投開票日にご支援者様・家族と流した涙を忘れず、杉原えいこに投票していただいた方のご信任に恥じる事なく、初心貫徹でこらからも、弱者のための政治を進めてまいります。

杉原えいこにお力をお貸しくださった皆様に最大級の感謝を申し上げて結びといたします。本当にありがとうございます。

アップル・クラブメッドでも負けない1800日奮闘記

発　行	2020年2月20日　第1版発行
著　者	杉原えいこ
発行者	田中康俊
発行所	株式会社　湘南社　http://shonansya.com 神奈川県藤沢市片瀬海岸3－24－10－108 TEL 0466－26－0068
発売所	株式会社　星雲社 東京都文京区水道1－3－20 TEL 03－3868－3275
印刷所	モリモト印刷株式会社

ISBN978-4-434-27209-7　C0093